Zum Roman:

Kaum hat Samantha damit begonnen, ihre aufregende Liebschaft mit Timothy Browning zu genießen, da trüben bereits erste Sorgen das Glück: Wie wird bloß ihre Familie nach deren Rückkehr darauf reagieren, dass es plötzlich einen anderen Mann an Samanthas Seite gibt? Tuschelt das Personal etwa schon über die geheime Romanze?
Auch Hazel McGregor gibt noch immer keine Ruhe. Die Ex-Verlobte von Timothy macht Samantha mit ihren Rachefeldzügen das Leben zur Hölle. Wird das denn niemals aufhören?
Michael indes ertrinkt in seiner Bitterkeit, und die Verständigung mit Samantha hat ihren Tiefpunkt erreicht.
Können sie sich einander jemals wieder annähern – wenigstens der Kinder wegen? Wird es Michael gelingen, seinen Schmerz zu überwinden, den er selbst mit verursacht hat?
Da taucht erneut eine Frau aus seiner Vergangenheit auf, und die Dinge nehmen ihren Lauf ...

Die Autorin:

Das Schreiben begleitete Sybille Kolar schon ihr Leben lang. In ihrer Jugend waren es Liebesgedichte, später eine Kurzgeschichte, mit der sie sich an einem Autorenwettbewerb beteiligte. Sie war unter den Gewinnern und wagte sich danach an ihren ersten Roman heran.
Warum Liebesromane? Sie bezeichnet sie als Lebensromane. Es ist das gewöhnliche Leben mit all seinen Beziehungen, Höhen und Tiefen, Liebe und Verrat, Glück und Tod, das sie so ungemein spannend findet. Sind es nicht genau diese zwischenmenschlichen Themen, die auch jeden von uns im Alltag beschäftigen?
Sybille Kolar ist verheiratet und Mutter von drei erwachsenen Kindern. Mit ihrem Mann und den beiden Hunden lebt sie in der Nähe von München.

sybillekolar.com
facebook.com/SybilleKolar.Autorin
Twitter: @SybilleKolar
Instagram: sybille_kolar

Sybille Kolar

CARDINGTON MANOR

Brennende Herzen

Roman

Band 5 der CARDINGTON-MANOR-Reihe

Bibliografische Information der Deutschen Nationalbibliothek: Die Deutsche Nationalbibliothek verzeichnet diese Publikation in der Deutschen Nationalbibliografie; detaillierte bibliografische Daten sind im Internet über http://dnb.dnb.de abrufbar.

Sämtliche Rechte sind vorbehalten, insbesondere das Recht der mechanischen, elektronischen und fotografischen Vervielfältigung, der Einspeicherung und Verarbeitung in elektronischen Systemen, des Nachdrucks in Zeitungen und Zeitschriften, des öffentlichen Vortrags, der Verfilmung und Dramatisierung, der Übertragung durch Rundfunk und Fernsehen oder Video, auch einzelner Text- und Bildteile sowie der Übersetzung in andere Sprachen. Die Handlungen und Personen dieses Romans sind erfunden. Ähnlichkeiten mit lebenden oder toten Personen sind rein zufällig und nicht beabsichtigt.

© 2017 Sybille Kolar
Lektorat/Korrektorat: Jil Aimée Bayer
Umschlaggestaltung: Carolin Liepins
Foto: Cornelius Carstens

Herstellung und Verlag:
BoD – Books on Demand, Norderstedt
ISBN: 978-3-7431-9090-0

Für die Liebe.

1

Jefferson Barley betrachtete sich im Spiegel. Seine elegante Erscheinung stand im harten Kontrast zu seiner Umgebung, die sich wie um ihn zu verspotten immer wieder in seine Aufmerksamkeit drängte.

Die Regale hinter ihm an der rückwärtigen Seite des mehr als bescheiden zu nennenden Apartments hingen noch immer genauso schief wie bei seinem Einzug vor vielen Jahren. Die Tapeten wirkten abgeschabt und vergilbt, die Ecken der Zimmerdecke schimmerten bräunlich. Bei diesem Anblick atmete er angewidert den abgestandenen Geruch von kaltem Zigarettenrauch ein, der dem Zimmer anzuhaften schien wie Pech, obwohl er selbst nicht rauchte.

An manchen Stellen der Wand gähnten ihm fehlende Bilder entgegen, verraten durch schmutzige Ränder verschiedener Größe, die sie hinterlassen hatten. Vermutlich hatte selbst dieser Raum einmal bessere Zeiten erlebt, doch das war lange her.

Der Mann richtete seine Aufmerksamkeit nun wieder erfreulicheren Dingen zu: seinem Aussehen und seiner Garderobe. Das dunkle Haar hatte er streng nach hinten gekämmt und mit Frisiercreme gebändigt. Die leicht ergrauten Schläfen verliehen ihm die Ausstrahlung von Weltgewandtheit und Erfahrung. Er war frisch rasiert und sein Blick verfing sich kurzzeitig an der kleinen Wunde, die das Rasiermesser an seinem Kinn hinterlassen hatte. Das blassblaue Augenpaar sah ihn distinguiert an und senkte danach den Blick.

Dieser schwarze Anzug stand ihm wirklich vortrefflich. Es war eine gute Idee gewesen, ihn auf Maß anpassen zu lassen, auch wenn es fast sein letztes Geld gekostet hatte. Aber was machte das schon? Bald würden seine Sorgen der Vergangenheit angehören, er war sich sicher.

Er schnippte ein Stäubchen von der ohnehin tadellosen Schulter und warf seinem Gegenüber ein anerkennendes Zwinkern zu.

»Guten Tag, mein Name ist *Barley*. Ich bin der Butler auf Cardington Manor«, sagte er mit vornehmer Stimme zu seinem Spiegelbild.

2

Sie hatten sich schon wieder geliebt. Zum zweiten Mal in dieser Nacht. Und zum vierten Mal seit dem Nachmittag. Ermattet lagen sie ineinander verschlungen, atmeten tief und im gleichen Rhythmus.

Samantha nickte kurz ein. Dann schrak sie auf einmal hoch und sah reflexartig auf den Wecker. Es war halb vier Uhr morgens. Sie griff zum Babyfon, das auf dem dunkelroten Nachtkästchen lag, und drehte den Regler lauter, bis gleichmäßige Atemzüge das sündhaft rote Schlafzimmer erfüllten. Erleichtert blies sie die Luft aus ihren Lungen.

Schon wieder spürte sie Timothys lustvolle Annäherungen.

»Sag mal, schläfst du eigentlich nie?«, fragte sie und kicherte. »Mir tut schon alles weh. Wahrscheinlich kann ich morgen nicht einmal mehr sitzen.«

»Ich bin süchtig und Junkies brauchen keinen Schlaf, wusstest du das nicht? Sie brauchen nur ihre Droge …«, flüsterte er mit heiserer Stimme, die ihr wohlige Schauer bescherte, und begann damit, ihre Brustwarzen mit seiner Zunge zu liebkosen.

Sie seufzte genießerisch auf. Dieser Mann wusste einfach zu genau, was er tat!

»Du bist meine Droge, Sam, mein Liebling … ich bin dir ganz und gar verfallen.«

»Ich kann aber nicht mehr«, stöhnte sie nach einer kleinen Weile und entwand sich seinen Armen. »Ich muss jetzt wieder hinübergehen zu Colin. So lange wollte ich eigentlich gar nicht hierbleiben, aber ich muss eingeschlafen sein.« Sie stand auf.

»Ich möchte doch in seiner Nähe sein, wenn er aufwacht.«

In Windeseile suchte sie sich auf dem Boden die Einzelteile ihres aquamarinblauen Seidenkimonos zusammen und zog ihn an.

»Wenn ich ihn schon so vernachlässige – deinetwegen, du Unersättlicher!«

Sie kehrte zum Bett zurück, und als er sie sogleich wieder in seine Arme schließen wollte, wehrte sie lachend ab.

»Nicht anfassen! Nur ein kleiner Abschiedskuss.«

»Du hast ja recht. In Wahrheit bin ich auch hundemüde, aber wenn du so dicht neben mir liegst, merke ich das irgendwie nicht«, sagte er, als sie sich küssten. »Das war ja auch nur reine Angeberei von mir gerade eben – eigentlich nur, um dich zu beeindrucken.«

Er grinste sie an.

»Ach so? Hattest du vorhin den Eindruck, ich wäre noch nicht beeindruckt genug von dir?«

Sie kicherte, und er griff nach ihr, als er antwortete: »Das kann man doch nie wissen.«

Er bekam sie am Handgelenk zu fassen und zog sie wieder zu sich ins Bett, sodass sie auf seinem Körper zu liegen kam. Zum gefühlt hundertsten Mal in dieser Nacht trafen sich ihre Lippen mit ungebremster Leidenschaft. Ihre Zungen spielten abermals ihr allzu vertrautes Spiel, dessen sie scheinbar niemals müde wurden.

Samantha fühlte, wie Timothys erregte Männlichkeit sich schon wieder zielstrebig ihren Weg durch den halb geöffneten Kimono bahnte. Sie spürte bereits sein heißes Fleisch, wie es heftig pulsierend an ihre Pforte pochte und Einlass begehrte.

Mit einem leisen Aufschrei ließ sie ihn erneut gewähren und bäumte sich dabei ekstatisch auf. Der seidene Mantel glitt ihr dabei von den Schultern, und sie warf ihn mit einer einzigen Bewegung erneut auf den Boden.

Timothy lächelte wie ein Sieger, der soeben eine

Schlacht gewonnen hatte. Er bewegte sich zwischen ihren Schenkeln wie ein wildes Pferd, das unter seiner Reiterin nur widerwillig zahm wurde.

»Ich liebe dich, Sam«, beteuerte er unter genussvollem Stöhnen. »Oh, ich liebe dich so sehr ...«

»Ich liebe dich auch«, erwiderte sie keuchend, und im selben Moment hielten beide inne, weil Samantha zum ersten Mal ihre Gefühle für ihn eingestanden hatte.

Sich selbst und ihm.

Mit beiden Händen nahm er ganz sanft ihren Kopf, zog ihn wieder zu sich heran und sah ihr tief in die Augen. Sein verflucht schönes Männergesicht war der Ausdruck reinen Glücks, als er sie erneut küsste, und seine schwarzen Augen leuchteten verheißungsvoll trotz der schummrigen Beleuchtung.

Dann schienen die Bewegungen ihrer Körper erneut ihrer eigenen, geheimen Choreografie zu folgen, in deren Verlauf sie in einen Gleichklang verfielen.

Während Samantha sich aufrichtete, bewegten sich seine Hände über ihren Hals und das Dekolleté. Auf ihren Brüsten kamen sie schließlich zum Verweilen und er stimulierte ihre zarten Knospen mit den Fingern, bis Samantha fast den Verstand verlor.

»Hör nicht damit auf mich zu lieben!«, schrie sie. »Niemals darfst du damit aufhören, hörst du?«

»Niemals ... Ich werde dich immer lieben ... Ich verspreche es dir.«

Ihr Liebesspiel näherte sich bald dem unausweichlichen Höhepunkt, als plötzlich Colins leises Brabbeln das Boudoir erfüllte.

»Ich muss gehen!«, keuchte Samantha.

»Noch nicht!«, rief er unter heftigem Stöhnen. Er packte sie an den Hüften und hielt sie fest. Dann dauerte es nicht mehr lange und er brachte die rauschhafte Verschmelzung für beide gleichzeitig zu einem lustvollen

Ende.

Völlig erschöpft ließen sie danach voneinander ab und nach einem allerletzten Kuss verließ sie endgültig das dunkelrote Himmelbett. Noch immer außer Atem suchte sie erneut im Halbdunkel des Raumes ihre Sachen zusammen, diesmal noch flinker als zuvor. Sie drehte das Babyfon lauter und hörte danach nur noch Colins gleichmäßige Atemzüge.

»Gott sei Dank, er schläft schon wieder«, sagte sie.

Von der Türe aus warf sie Timothy noch eine Kusshand zu.

»Gute Nacht.«

»Gute Nacht, meine Liebste«, erwiderte er, gähnte herzhaft und kuschelte sich danach so unter die dunkelrote Bettdecke, dass sein nackter Körper noch halb zu sehen war. »Mann, bin ich jetzt erledigt!«

Er lachte leise und schüttelte den Kopf.

Samanthas Augen verweilten noch einen flüchtigen Moment lang auf dem ästhetischen Bild, das sich ihr bot, bevor sie sanft die Klinke hinunterdrückte.

»Dann schlaf dich jetzt aus. Und ich werde es auch versuchen – im Rahmen meiner Möglichkeiten. Wenigstens, bis Colin morgen früh wach wird.«

Sie huschte hinaus auf den Korridor und zog die Tür des Boudoirs hinter sich ins Schloss.

Aufgekratzt und erschöpft zugleich kam sie im Westflügel an. Sie betrat das *Nest* und schlich den Gang entlang. Auf Zehenspitzen öffnete sie Tür des Kinderzimmers und lauschte. Colin war offenbar von selbst wieder eingeschlafen.

»Braver kleiner Schatz«, flüsterte sie, nachdem sie den Raum ohne ein Geräusch verschlossen hatte.

Sie ging zwei Türen weiter ins Badezimmer und putzte sich die Zähne. Dabei betrachtete sie ihr übermüdetes

Gesicht im Spiegel, das ihr im Widerschein des gedämpften Lichts unwirklich blass entgegenleuchtete.

Dann fiel ihr etwas ein: *Ich liebe dich auch,* hatte sie zu ihm gesagt.

Zu Timothy Browning! *Kaum zu glauben ...*

Sie schüttelte den Kopf und bemerkte erst in dem Moment, dass sie gerade eine Zahnbürste und eine Menge weißen Schaum im Mund hatte. Sie spuckte aus, spülte gründlich nach und tupfte sich das Gesicht mit einem Handtuch trocken. Und wieder starrte sie dabei ihr Spiegelbild an, ohne jedoch etwas wahrzunehmen.

Hatte sie diesen Satz vielleicht nur im Affekt erwidert, weil sie in dem Moment nicht bei klarem Verstand gewesen war? Kurz vor dem sexuellen Höhepunkt würde wahrscheinlich jeder Mensch alle möglichen Liebesschwüre oder Geständnisse von sich geben.

Dieser Zustand ist fast so wirkungsvoll wie Folter, kam es ihr in den Sinn. Über diese Erkenntnis amüsierte sie sich.

Aber wenn sie in sich hineinfühlte, konnte sie nur zu dem Schluss kommen, dass ihre soeben ausgesprochenen Gefühle der Wahrheit entsprachen. Sie kamen aus ihren innersten Tiefen heraus. Aus ihrem Herzen.

Dieses Wissen erzeugte gleichzeitig Angst: Wie sollte sie so nur einen kühlen Kopf bewahren, den sie in der nächsten Zeit mit Sicherheit brauchen würde?

Wie aufs Stichwort kamen ihr prompt ein paar rationale Gedanken in den Sinn:

Wie lange lässt sich die Sache mit Timothy noch vor dem Personal geheim halten?

Oder wissen sie es längst und tuscheln bereits heimlich hinter meinem Rücken?

Und schließlich: *Wie soll denn das alles bloß weitergehen?*

Was wird sein, wenn Frank mit Roberta und Hender-

son in drei Wochen zurückkommt, und sich in seinem Zuhause alles verändert hat? Wenn anstelle seines Vaters ein fremder Mann in einer Beziehung mit seiner Mutter zusammenlebt?

Um endlich ihre Gedanken zur Ruhe zu bringen, entschied sie sich trotz der späten Stunde, eine heiße Dusche zu nehmen, und betrat die Kabine.

Sie nahm die an einer dicken Kordel befestigte violette Lavendelseife vom Haken an der aquamarinblauen Fliesenwand. Damit wusch sie ihren noch immer von der Liebe aufgewühlten Körper und genoss den cremigen Schaum. Das darin enthaltene köstlich duftende Öl vermochte ihr Gedankenkarussell ein wenig zu bremsen.

Danach hüllte sie sich in ein dickes Badelaken, tupfte sich auf dem Weg zum Schlafzimmer notdürftig trocken und sank mit einem Seufzer der Erschöpfung ins Bett.

Der kühle, glatte Stoff der Bettwäsche fühlte sich einfach nur herrlich an. Wie ein beruhigender Balsam auf ihrem überreizten Gemüt.

Es war bereits halb fünf, als endlich die ersehnte Ruhe einkehrte und sie in einen betäubenden Schlaf fiel.

3

Anthony Browning stand im Türrahmen seines Schlafzimmers und betrachtete voller Mitgefühl den Mann, dem er sein eigenes Bett überlassen hatte. Gemessen am Alter konnten sie Vater und Sohn sein. Unter der Bettdecke hob und senkte sich dessen Brustkorb, bewegt durch gleichmäßige, tiefe Atemzüge. Er spürte, wie wohltuend und heilsam der Schlaf für seinen Schützling war, und wie bitter nötig dieser ihn brauchte.

Am späten Abend des Vortages hatte er Michael Tomlinson nach einem schlimmen Autounfall aufgelesen, bei dem sich dessen Wagen mehrfach überschlagen hatte. Und weil dieser weder nach Cardington Manor noch in ein Krankenhaus gebracht werden wollte, war Anthony nichts anderes übrig geblieben, als ihn zu sich mit nach Hause zu nehmen.

Schon vor einiger Zeit hatte er dessen Ehefrau für ihre Klugheit und Güte ins Herz geschlossen. Aber auch ihn selbst hatte Anthony inzwischen schätzen gelernt. Seit seinem Bewerbungsgespräch und der kurzen Zeit, die er daraufhin auf Cardington Manor als Gestütsleiter angestellt war. Er mochte die aufrichtige und ruhige Art von diesem jungen Mann. Sie stand völlig im Gegensatz zu vielen anderen Menschen, die er in seinem langen Leben bereits kennengelernt hatte. Dieser Michael Tomlinson legte es nicht darauf an, jemandem zu gefallen oder jemanden zu beeindrucken, und das imponierte Anthony.

In seine Anteilnahme mischte sich mittlerweile jedoch auch Sorge. Er hatte die unbestimmte Ahnung, dass sein eigener Sohn an dem beklagenswerten Zustand dieses Mannes nicht ganz unbeteiligt war. Eigentlich war er sich ganz sicher, dass Timothy etwas damit zu tun hatte.

Er erinnerte sich nur zu gut an das Gespräch mit seinem Sohn ein paar Wochen zuvor, als dieser ihn um Rat gefragt hatte. Darüber war er selbst noch immer ziemlich verwundert und fühlte sich gleichzeitig geehrt, da solch vertrauliche Unterredungen zwischen ihnen nicht häufig stattgefunden hatten in der letzten Zeit.

Timothy stand damals kurz vor der Heirat mit Hazel McGregor. Er vertraute seinem Vater an, dass er schon seit Längerem eine andere Frau liebte, die er jedoch nicht haben konnte, wie er sagte. Und mit jedem weiteren Tag, an dem die aufwändigen Hochzeitsvorbereitungen von Hazel vorangetrieben und in den Gazetten breitgetreten wurden, hatte sich sein Fluchtweg immer weiter verbaut. Ihm wurde nur noch übel, wenn er an ihre gemeinsame Zukunft dachte. Mit der Zeit kam er sich schon selbst wie ein Hochstapler vor. In zahlreichen Interviews wurde er in dieser Zeit gefragt, wie es sich denn anfühlte, die schönste Frau Englands heiraten zu dürfen. Um Hazel nicht öffentlich bloßzustellen – sie konnte ja nichts für seine Gefühle! –, heuchelte er vor den Kameras Glück. Aber in Wahrheit wollte er nur noch davonlaufen, fort aus dieser verdammten Beziehung und irgendwohin, wo ihn niemand kannte.

Anthony Browning hatte damals nicht die leiseste Ahnung, wer die ominöse Dame im Leben seines Sohnes war, riet Timothy aber trotzdem zu einer zuversichtlichen Haltung in dieser Angelegenheit. Für ihn, der er schon einige Jahrzehnte lang Lebenserfahrung gesammelt hatte, gab es keinen Grund, einen Menschen zu heiraten, den man nicht liebte. Ein Eheleben sollte schließlich ein Leben lang andauern. Er sagte ihm, dass es zwar niemals eine Garantie dafür gab, dass man mit seiner Frau gemeinsam den Himmel auf Erden erleben würde. Doch mit der falschen Partnerin an der Seite konnte man ganz schnell in der Hölle landen. Das hatte er selbst in seinem

Freundeskreis schließlich schon des Öfteren miterleben müssen und das wollte er seinem Sohn um jeden Preis ersparen.

Als es nun doch nicht zur Heirat mit Hazel kommen sollte, war er als Vater in der Tat erleichtert gewesen. Er hatte diese affektierte Person vom ersten Moment an nicht ausstehen können.

Kurze Zeit später hatte er das Gestüt auf Cardington Manor übernommen und seinen Sohn dort vor der Londoner Presse verstecken müssen. Und dann war ihm schlagartig klar geworden, wer die Dame war, die Timothys Herz gestohlen hatte. Es war dieselbe, der auch er selbst herzlich zugetan war – wenn auch aus völlig anderen Gründen.

Samantha Tomlinson holte Timothy eines Tages an den Ställen ab. Vielleicht unter einem Vorwand? Das wusste er nicht. Aber die Art und Weise, wie sein Sohn darauf reagierte, ließ ihn aufhorchen. Wie elektrisiert – ja, als hätte er plötzlich Luft aus himmlischen Sphären geatmet – entsprach er ihrem Wunsch und begleitete sie.

Verwundert hatte er damals den beiden nachgeblickt, wie sie sich fast schon verschwörerisch gemeinsam auf den Weg machten und auf merkwürdige Art bereits ein Paar zu sein schienen. Und als hätte sie seinen Blick in ihrem Rücken gespürt, drehte sich Mrs Tomlinson noch einmal zu ihm um, und er meinte zu spüren, dass sie wegen der Situation etwas verlegen war.

Er hatte sich seitdem schon öfter gefragt, was wohl in jener Nacht im Park zwischen den beiden jungen Leuten passiert sein mochte, als sein Sohn ihn eigentlich nur hatte rächen wollen. Damals – am vierzigsten Geburtstag seines alten Freundes Charles.

Dass diese alte Geschichte ausgerechnet jetzt erneut auf den Tisch kam, passte ihm ganz und gar nicht. Gerade in einer Zeit, wo Timothy und er sich einander wieder angenähert hatten. Man konnte sogar sagen, dass sie sich jetzt endlich richtig gut verstanden. Denn das war nicht immer so gewesen. Nach dem Konkurs vor ein paar Jahren hatte sich seine Frau – Timothys Mutter – von ihm scheiden lassen. Und dieser hatte es seinem Vater damals übel genommen, dass er nicht darum gekämpft hatte, die Familie zu erhalten. Kinder stellten sich alles immer so einfach vor. Auch dann noch, wenn sie bereits erwachsen waren.

4

Sie hatten vereinbart, dass sie sich vor dem Personal so selten wie möglich gemeinsam zeigten, solange Timothy ebenfalls im Haupthaus wohnte. Und wenn es sich einmal nicht vermeiden ließe, würden sie einfach nur ein paar belanglose, freundliche Worte über das Gestüt miteinander tauschen. Er sollte seine Mahlzeiten deshalb, so oft es ging, außerhalb von Cardington Manor einnehmen.

An diesem ersten gemeinsamen Morgen hatte ihre Übereinkunft bereits gut geklappt. Timothy war nach nur wenigen Stunden Schlaf schon früh zu den Pferdeställen aufgebrochen. Von dort aus schrieb er Samantha in einer Nachricht, dass es ihm gelungen war, sich von den noch immer ausharrenden Presseleuten unbemerkt in den Stall zu schleichen, um seiner Arbeit nachzugehen.

PS: Du fehlst mir jetzt schon mehr, als ich es dir sagen kann, 1000 Küsse in Liebe, Timothy, stand auf dem Display von Samanthas Handy.

Sie selbst lag noch im Bett und rekelte sich verschlafen, war gerade erst aufgewacht.

Ihr noch müdes Herz machte einen Sprung, als sie die liebevollen Zeilen las. Gleichzeitig wurde es ihr im Magen flau. Auch sie spürte, wie sich die Sehnsucht nach ihm durch ein schmerzhaftes Ziehen in ihrem ganzen Körper bemerkbar machte.

Im selben Moment wurde ihr bewusst, dass sie sich gerade im Ehebett befand, das sie und Michael gleich nach der Hochzeit gekauft hatten. Nirgendwo sonst fühlte sie die Nähe ihres Mannes stärker als in diesem Bett. Sie würde es wohl niemals über sich bringen, hier mit Timothy zu schlafen oder gemeinsam zu übernachten.

»Das kann ja noch heiter werden«, sagte sie halblaut vor sich hin, während sie sich aufsetzte und nach dem Kimono griff, der am Fußende lag.

»Ob in dieses Haus jemals wieder so etwas wie Normalität einziehen wird?«, fragte sie sich kopfschüttelnd und besorgt.

Sie hüllte ihren nackten Körper in die blaue Seide und dachte: *Vielleicht sollte ich mich eher fragen, ob es in meinem Leben jemals wieder so etwas wie Normalität geben wird.*

Dann schritt sie auf leisen Sohlen den Gang zum Kinderzimmer entlang, um nachzusehen, ob Colin noch schlief.

Auf halbem Weg hörte sie plötzlich, wie im Wohnzimmer das Telefon läutete.

Ausgerechnet jetzt!

Sofort kehrte sie um und lief in Windeseile an den Apparat, um das laute Geräusch zu unterbinden.

Die Rufnummer auf dem Display kannte sie nicht. Sie nahm ab und meldete sich.

»Guten Tag, mein Name ist Jefferson Barley. Bin ich mit dem Anwesen Cardington Manor verbunden?«, fragte eine geschmeidige, angenehme Stimme.

»Ähm … ja, das sind Sie. Was kann ich für Sie tun?«

»Nun, man sagte mir unlängst in Rye, dass auf Cardington Manor demnächst die Stelle des Butlers frei sein würde. Sie müssen wissen, ich habe gerade meine Ausbildung zum Butler beendet und bin im Moment auf Stellensuche. Von der Schule habe ich zwar die höchste Auszeichnung erhalten, doch, wie Sie sich sicher vorstellen können, habe ich noch keinerlei Referenzen vorzuweisen. Ich wollte Sie nun höflichst fragen, ob ich mich trotzdem bei Ihnen bewerben dürfte. Sollte die Stelle jedoch bereits anderweitig besetzt sein, dann möchte ich Sie in aller Form um Verzeihung bitten für die Störung und …«

»Nein, Mr … Wie war noch Ihr Name?«

»Barley – Jefferson Barley.«

»Nein, Mr Barley, die Stelle ist noch frei, das heißt, eigentlich ist sie noch nicht frei.«

»Oh, Verzeihung! Dann hat man mich wohl falsch informiert.«

»Keineswegs. Unser Butler ist derzeit verreist und wir werden uns erst nach seiner Rückkehr um seine Nachfolge kümmern.«

»Ich verstehe, Mrs …«

»Tomlinson. Samantha Tomlinson. Ich bin die Eigentümerin von Cardington Manor.«

»Ich danke Ihnen ergebenst für Ihre Offenheit, Mrs Tomlinson. Dann hat es bisher auch noch keine Stellenausschreibung gegeben?«

»Nein, bisher nicht. Wie gesagt, wir wollten damit warten, bis unser Butler aus dem Urlaub zurückgekehrt ist, um die Ausschreibung dann mit ihm gemeinsam zu verfassen. Er wird es auch sein, der die Vorauswahl der Bewerber treffen wird.«

»Ich verstehe, Mrs Tomlinson … Gestatten Sie mir bitte noch eine Frage? Und zwar, ob ich Ihnen meine Telefonnummer hinterlassen dürfte, und Sie mich vielleicht anrufen würden, wenn Sie die Stelle ausschreiben? Ich habe nämlich Angst, Ihre Anzeige zu verpassen, und möchte doch unbedingt versuchen, die Stelle zu bekommen. In einem Haushalt wie Cardington Manor zu arbeiten, wäre wirklich mein größter Traum.«

»Ähm … ja … lassen Sie mir gerne Ihre Rufnummer hier, Mr Barley – Augenblick, bitte, ich hole mir etwas zum Schreiben …«

»Sehr gerne! Es wäre mir wirklich eine große Freude, mich bei Ihnen bewerben zu dürfen, Mrs Tomlinson.«

Der unbekannte Anrufer gab Samantha eine Nummer durch und sie notierte sie auf der Rückseite einer Zeitschrift.

Merkwürdig, dachte sie, als das Gespräch bereits beendet war.

Sie zuckte mit den Achseln und machte sich erneut auf den Weg ins Kinderzimmer, um endlich nach Colin zu sehen.

5

Es war ein herrlicher, heißer Sommertag im Juli. Die Sonne stand bereits hoch an diesem Vormittag und brannte erbarmungslos auf die Wege des Parks. Das tiefe Blau des Himmels bildete einen hübschen Farbkontrast zum satten Dunkelgrün der Baumkronen.

Samantha war mit Colin im Kinderwagen auf dem Weg ins Waisenhaus, weil ein neuer Adoptionsvertrag aufzusetzen war. Franks junger Nova Scotia Toller, Robin, durfte sie begleiten. Das rötliche Fell leuchtete im Sonnenlicht, als das Hündchen voller Eifer immer wieder das Gespann umrundete.

Um der Hitze zu entgehen, schob Samantha den Wagen in Schlangenlinien von Baumschatten zu Baumschatten. Robin folgte ihr nach, Colin krakeelte vor Vergnügen, und sie hatte ihre Freude daran.

Bis Samantha sich versah, waren sie bereits vor dem Kinderheim angekommen. Die hellen Wege reflektierten das Sonnenlicht und blendeten ihre Augen. Sie sehnte sich nun nach der wohltuenden Kühle des alten Hauses. Und auch Colin rieb sich die Äuglein und quengelte, während sie beruhigend auf ihn einredete. Sogar Robin legte sich hechelnd in den Schatten, den das Haus auf eine Wiese warf, als wollte er keinen einzigen Schritt mehr weiterlaufen.

Samantha parkte den Buggy im Schatten neben der Eingangstür und holte noch ein paar Sachen aus dem Netz am Lenker. Dann hob sie den Kleinen aus seinem Sitz, nahm ihn auf den Arm und drehte sich um in Richtung Sonne.

Mit einem Mal sah sie sich einer Gruppe von Menschen gegenüber, etwa zehn bis fünfzehn. Sie standen im Halbdunkel der Büsche und Bäume, nur wenige Meter von ihr und Colin entfernt.

Robin schien ihre Unsicherheit zu spüren. Er kam sofort herbeigeflitzt und bellte aufgeregt.

Samantha hatte keine Ahnung, woher diese Leute so plötzlich gekommen waren. Vielleicht aus dem Gebüsch, vor dem sie sich aufgereiht hatten, auf der anderen Seite des Weges?

Sie wollte den Hund zuerst beruhigen, doch irgendwie fühlte sie sich durch seinen Einsatz auch ein wenig beschützt.

Wegen des Lichtkontrasts konnte sie nur schemenhaft ausmachen, dass ein paar von ihnen Mikrofone in der Hand hatten. Manche schulterten Filmkameras, andere wiederum fotografierten drauflos. Wie auf ein geheimes Kommando ertönten sofort unzählige Klickgeräusche der Auslöser, während sich die Horde ihr näherte.

»Was soll denn das? Wer sind Sie? Und was wollen Sie von mir?«

Sie schützte sich mit ihrem Unterarm vor dem Gesicht und drehte Colin weg zur der Meute abgewandten Seite.

Eine junge Frau mit kurzem dunklen Haar schaltete ihr Mikrofon ein und hielt es Samantha direkt vor die Nase.

»Mrs Tomlinson, was sagen Sie zu dem Vorwurf, dass das Waisenhaus der Lord Cardington Stiftung Kinder an reiche Paare verkaufen soll?«

»Was? Was soll denn das?«

Sie war zu perplex, um mehr auf diese ungeheure Frage antworten zu können.

Träumte sie das etwa alles nur? Hatte sie vielleicht einen Hitzschlag erlitten und diese Meute war nichts als lauter Fantasiegestalten?

Colins plötzlich einsetzendes, lautes Weinen und das weiterhin beständige Kläffen des Hundes bestätigten ihr, dass es sich bei der überfallartigen Begegnung nicht um Einbildung handelte. Diese Leute standen tatsächlich vor ihr, bombardierten sie mit den absurdesten Fragen, deren Inhalt sie sich erst einmal vergegenwärtigen musste.

Sie versuchte, den verängstigten Kleinen mit ihren Armen zu verbergen und redete beruhigend auf ihn ein, bis er nur noch leise wimmerte und sein Gesicht in ihrem Haar vergrub.

Doch die Horde fühlte sich durch Samanthas Widerstand nur noch mehr dazu angestachelt, Fotos zu schießen.

»Was wollen Sie denn überhaupt von mir? Und wer hat Sie geschickt?«

Samantha verstand die Welt nicht mehr.

»Mrs Tomlinson, wie fühlt es sich denn an, wohltätig und gemeinnützig aufzutreten und gleichzeitig riesige Summen durch Kinderhandel einzunehmen?«, wollte eine blonde Frau wissen, die sich offenbar alles notierte, was Samantha von sich gab.

»Wie bitte? Ich verstehe nicht …«

Samantha machte eine Handbewegung, wie um lästige Parasiten zu verscheuchen. Als könnte sie dem bösen Spuk damit ein Ende bereiten.

»Wie kommen Sie denn überhaupt dazu, mir solche Fragen zu stellen? Und wer behauptet so etwas?«

Doch sie erhielt darauf keine Antwort.

»Mrs Tomlinson, wie viel Tausend Pfund muss man denn für ein Baby aus Ihrem erlauchten Kinderheim hinlegen?«, fragte ein älterer, bärtiger Mann.

»Was? Sind Sie denn alle verrückt geworden?«

Samantha fühlte sich wie ein gehetztes, wehrloses Tier. Sie war verzweifelt. Ohnmächtig. Tränen der Wut füllten ihre Augen.

»Und was zum Teufel machen Sie überhaupt auf meinem Grund und Boden? Verschwinden Sie!«, schrie sie mit letzter Kraft, was außer weiteren Fragen und noch mehr Fotos nichts zur Folge hatte.

Dann hatte sie plötzlich einen Einfall. Sie zog ihr Telefon aus der Tasche und hielt es in die Luft.

»Ich erteile Ihnen allen hiermit Hausverbot auf ganz Cardington Manor! Wenn Sie nicht augenblicklich verschwinden, rufe ich die Polizei und Sie bekommen eine Anzeige wegen Hausfriedensbruchs!«

Noch immer zitternd konnte sie daraufhin beobachten, wie sich die Presseleute – langsam und noch immer fotografierend – in Richtung Parkplatz bewegten. Als hätten sie nur auf die Zauberworte *Hausverbot* und *Polizei* gewartet.

Samanthas Stimme bebte und überschlug sich, als sie der fliehenden Meute noch hinterherrief: »Und bestellen Sie bitte meine herzlichen Grüße an Hazel McGregor! Es ist keine Kunst, sich einen Pöbel, wie Sie alle einer sind, zu kaufen und ihn dann mit haltlosen, infamen Behauptungen auf unbescholtene Menschen anzusetzen! Das ist armselig – nichts anderes! Und sagen Sie ihr auch, ich behalte mir eine Anzeige wegen Rufschädigung vor!«

Voll Genugtuung blickte sie der Gruppe nach und spürte dabei, wie ihr der Herzschlag bis in die Ohren dröhnte. Irgendwann waren diese Leute dann hinter der nächsten Weggabelung verschwunden.

Endlich!

»Robin, aus!«, sagte sie mit Bestimmtheit, und der Hund hörte daraufhin sofort auf zu bellen.

Sie atmete erleichtert auf und auch Colin beruhigte sich zusehends. Er kuschelte sich nun in ihre Arme, und sie trug ihn ein Stück auf dem Weg, den sie gekommen waren, hin und her. Sie sang ihm ein fröhliches Lied, von dem sie wusste, dass er es gerne hörte und das ihn beruhigte. Noch ein paarmal schluchzte er dabei auf, und irgendwann bemerkte Samantha, dass er vor Erschöpfung eingeschlafen war.

Weiterhin leise summend, betrat sie das Kinderheim. Samantha legte ihren kleinen Schatz in eines der Kinderbetten im oberen Stockwerk und brachte Robin zu seinem Platz ins Büro. Dort lag ein gemütliches Hundekissen, auf dem er sich sogleich zusammenrollte, und auch ein Wassernapf stand für ihn bereit.

Dann rief sie Mildred Boyle und die anderen Mitarbeiterinnen des Waisenhauses zusammen und berichtete von der überfallartigen Begegnung mit diesen Presseleuten. Zum Schluss schärfte sie ihnen noch ein, sofort die Polizei zu rufen, sollten sie ähnliche Gestalten auf dem Gelände entdecken.

Als alle instruiert waren, setzte sie sich ins Büro, um sich endlich dem Adoptionsvertrag zu widmen.

Es gehörte für sie seit jeher zum schönsten Teil ihrer Aufgaben, die armen Schützlinge aus dem Heim mit unglücklich kinderlosen Paaren zu einer glücklichen Familie zu vereinen.

Doch heute war alles anders.

Vor ihr lag das Formular, das darauf wartete, von ihr ausgefüllt zu werden. Daneben – in einem aufgeschlagenen Aktenordner – waren die Personalien der hoffnungsvollen neuen Eltern eines kleinen Jungen namens Eric verzeichnet.

Sie saß nur abwesend davor, ihr Blick verlor sich in der Leere des Raumes jenseits der Schreibtischplatte. Mit den Gedanken war sie noch immer bei diesem hässlichen Vorfall. Es war so ungeheuerlich, was diese unangenehmen Menschen ihr vorgeworfen hatten. Sie war sich absolut sicher, dass Hazel hinter diesem Hinterhalt stecken musste, und das hatte einen Grund.

Es war in Samanthas Leben nicht häufig vorgekommen, dass ihr jemand bewusst Schaden zufügen wollte. In ihrem Umfeld gab es auch derzeit niemanden sonst, dem sie so etwas zugetraut hätte. Nur von Hazel wusste sie mit Gewissheit, dass diese vor keiner noch so perfiden Gemeinheit zurückschreckte, um ihre Rachegelüste zu befriedigen.

Samantha lehnte sich in dem bequemen Schreibsessel zurück, schlüpfte aus den Sandaletten und zog ihre nackten Füße zu sich auf die Sitzfläche. Mit den Armen umschloss sie die Beine und legte ermattet den Kopf auf den Knien ab. Sie atmete ein paarmal tief ein und aus. Für einen Außenstehenden würde es sich womöglich wie ein Seufzen angehört haben.

Sie dachte an die Zeit vor ziemlich genau einem Jahr, als Hazel sich alle Mühe gab, Michael zu verführen. Und weil es ihr nicht gelang, setzte sie schließlich alles daran, es wenigsten danach aussehen zu lassen. Sie konnte nicht verwinden, dass Michael sich nicht für sie interessierte, sondern Samantha liebte. Bei der ersten Gelegenheit, die sich ihr bot, nahm sie dann ihre Rache – zumindest versuchte sie es. Ungeachtet der Tatsachen, dass Michael inzwischen verheiratet war und seine Frau erst ein paar Wochen zuvor einen Sohn entbunden hatte. Das war Hazel egal. Sie nahm billigend in Kauf, eine junge Familie zu zerstören – und hätte es auch beinahe geschafft. Nur durch bloßen Zufall klärte sich der Sachverhalt damals auf.

Die Skrupellosigkeit dieser jungen Frau machte Samantha zu schaffen.

Waren die Pressebelagerungen gegen sie und Timothy vielleicht erst der Anfang?

Sie erschauderte bei dem Gedanken und überlegte, wozu eine Hazel McGregor denn noch imstande sein würde. Jetzt, wo es um den Mann ging, der sie auf den gesamten Hochzeitsvorbereitungen öffentlich hatte sitzen lassen – inklusive Brautkleid. Und schon wieder war sie, Samantha, im Spiel.

Natürlich konnte sie nachvollziehen, dass für eine so selbstverliebte Frau wie Hazel McGregor dieser Umstand Grund genug war, sie zu hassen.

Trotzdem hatte Samantha bis vor Kurzem nichts davon geahnt, dass Timothy sie liebte. Sie konnte doch wirklich nichts für die Trennung der beiden.

Aber Hazel erkannte das in ihrem Wahn wohl nicht. Sie hatte offenbar nur Augen für ihre eigene Demütigung, für die Schmach, die ihr schon wieder angetan wurde. Offenbar machte sich auch bereits halb England in den Gazetten über sie lustig.

Samantha hatte erst unlängst in einem Geschäft die Schlagzeilen überflogen. Diese Geschichte war natürlich ein gefundenes Fressen für Hazels Neider.

Aber was hatte Samantha eigentlich damit zu tun?

Hazel nahm Rache an ihr, obwohl sie gar nicht wissen konnte, ob Samantha und Timothy inzwischen ein Paar waren.

Warum musste sie es ausbaden, dass die offiziell schönste Frau Englands ihre Herzensmänner nicht halten konnte?

Ein Klopfen an der Tür unterbrach ihren Gedankengang. Instinktiv löste sie ihre geborgene Sitzhaltung auf und rollte den Sessel an den Schreibtisch zurück.

»Ja, bitte«, sagte sie, nachdem sie sich geräuspert hatte.

Mildred Boyle betrat das Büro.

»Ich wollte Sie nur fragen, ob Sie vielleicht eine Tasse Tee möchten – nach all der Aufregung. Also ich bräuchte eine, wenn mir das passiert wäre.«

Sie lächelte Samantha mitfühlend an.

»Ach, das ist aber freundlich von Ihnen, Mildred, vielen Dank, aber ich habe mich gerade dazu entschieden, lieber einen Spaziergang zu machen.«

Sie stand auf und zog ihre Sandaletten wieder an.

»Den Antrag werde ich später ausfüllen. Das hat ja noch Zeit.«

Die Kinderfrau nickte verständnisvoll, als Samantha an ihr vorbei und hinaus in den Sonnenschein ging.

6

Was für eine Wohltat es war, durch den lichtdurchfluteten Park zu schlendern und sich zwischendurch unter den dunklen Bäumen abzukühlen!

Ohne dass es Samantha bewusst war, hatte sie den Weg zum Gestüt eingeschlagen. Sie bemerkte es erst, als sie die Stallungen schon von Weitem erkennen konnte. Zunächst zögerte sie einen Moment lang und wollte nicht weitergehen. Dann lachte sie über sich selbst und ihr verliebtes, sehnsüchtiges Herz, das sie offenbar zielsicher dorthin geführt hatte.

»Dann kann ich ihm auch gleich von dieser ungeheuerlichen Geschichte erzählen«, sagte sie aufmunternd zu sich selbst.

Sie lief nun schneller den schattigen Weg entlang und spürte, wie die Vorfreude auf Timothy ihre Schritte beflügelte. Und dabei war es nur wenige Stunden her, dass sie sich seinen Armen entwunden hatte. Die Schmetterlinge in ihrer Magengegend spielten immer verrückter, mit jedem weiteren Meter, den sie sich ihm näherte.

Dann stand sie direkt davor. Die Mittagssonne brannte auf das Gestüt. Es war nichts zu hören. Um diese Uhrzeit schien es wie ausgestorben zu sein.

Mit pochendem Herzschlag betrat Samantha das Stallgebäude. Drinnen war es nicht annähernd so heiß, wie sie befürchtet hatte. Ein kühles Lüftchen wehte durch die geöffneten Türen und Tore und brachte die Hitze nach draußen. Es roch nach Pferden, Stroh und Leder. Dieser Geruch hatte für Samantha etwas unglaublich Beruhigendes an sich, weil sich daran seit Jahrhunderten nichts geändert hatte und wohl auch nie etwas ändern würde. Gerade so, also würde die Zeit stehen bleiben.

»Ist denn niemand hier?«, rief sie ein wenig verhalten in die Stille hinein. Sie wollte keinesfalls die Mittagsruhe der Stallarbeiter stören.

Plötzlich umfingen sie zwei starke Männerarme von hinten und sie spürte Timothys kraftvollen Körper, wie er sich warm und eng an sie schmiegte.

Augenblicklich nahm die Lust erneut von ihrem Körper Besitz und das unschöne Erlebnis vor dem Waisenhaus war im selben Moment vergessen.

»Baby, du bist ferngesteuert, wusstest du das?«, raunte er ihr ins Ohr, während er ihre Schulter und den Nacken mit seinen Lippen berührte und genüsslich ihren Duft einsog.

»Ich? Wieso bin ich ferngesteuert?« Sie kicherte und genoss dabei seine Zärtlichkeiten.

»Na, ich habe dich gerade herbeigesehnt – und schon bist du da.«

Seine Zunge berührte ihren zarten Hals und dabei stieß er genießerische Laute aus.

»Hey ... ich bin doch total verschwitzt ... es ist so unglaublich heiß heute.«

»... und du schmeckst auch so unglaublich heiß ...«

Er drehte sie herum, und Samantha nahm das Aufleuchten in seinem Gesicht wahr, als er sie betrachtete. Es war, als würde er sie mit seinen Blicken streicheln und sie schloss die Augen.

Als Nächstes fühlte sie seine weichen Lippen auf ihrem Mund, dann seine begehrliche Zunge und wie sie sich mit Leichtigkeit Zugang verschaffte.

Samantha wusste, sie war wie Wachs in seinen Händen. Sie hatte nicht viel Widerstand zu bieten, eigentlich so gut wie keinen.

Die Sehnsucht und die Leidenschaft, mit der Timothy sie zu küssen vermochte, beeindruckten sie immer wieder aufs Neue. Nie war seine Liebe deutlicher zu spüren als in diesen himmlischen, höchst intimen Momenten.

Trotzdem versuchte sie, ihren Verstand nicht ganz zu verlieren.

»Timothy … wenn jetzt jemand hereinkommt und uns sieht …«, hauchte sie beim Atemholen.

»… dein Vater oder die Stallburschen …«

»Du hast vollkommen recht. Das können wir nicht zulassen.«

Er bugsierte sie behutsam in eine Pferdebox, während er sie weiterhin küsste. Dann schloss er die Schwingtür und blickte in Samanthas überraschte Augen.

»Hier?«, fragte sie und sah sich ein wenig irritiert um.

»Hier und jetzt.«

Er schob den Rock ihres Kleides nach oben und streichelte ihre Schenkel. Als er bei ihrem feuchten Slip angekommen war, sog er mit einem zischenden Laut die Luft ein, als ob er sich an ihr verbrannt hätte.

»Oder möchtest du mir weismachen, dass du lieber bis heute Nacht warten würdest?«, ergänzte er lachend.

Samantha schüttelte langsam den Kopf. Sie fühlte das Blut, wie es heiß zwischen ihren Schenkeln pulsierte, genau dort, wo sich seine Hand befand.

Das war eindeutig kein Moment, um vernünftig zu sein. Sie hatte eher das Gefühl, dass sie in ihrem ganzen Leben nie wieder vernünftig sein würde, und es war ihr auch egal. Wenn es nur Timothy in diesem Leben gab.

Sie schaute ihm dabei zu, wie er mit der anderen Hand seine Hose öffnete, während er ihr das Höschen abstreifte.

Dann hob er Samantha plötzlich auf seine Hüften und lehnte sie mit dem Rücken gegen die Stallwand.

Wie automatisch schlang sie ihre Beine um seinen kraftstrotzenden Körper und wurde vor Erregung beinahe ohnmächtig.

»Ich habe keine Ahnung, wann die Jungs vom Essen

zurück sein werden, aber wir sollten besser nicht zu laut sein«, flüsterte er und verschloss ihren Mund mit seinen Lippen.

7

Ein herrlicher Sonnenaufgang durchflutete das kleine, gemütliche Haus. Warme Farbtöne in Gelb, Orange und Rot drangen durch die Fenster herein und zauberten verspielte Muster an die Zimmerwände.

Anthony Browning erachtete es als Glücksfall, dass er dieses Haus kurz nach der Übernahme des Gestüts gefunden hatte. Es lag nur wenige Minuten von Cardington Manor und den dazugehörigen Stallungen entfernt.

Für gewöhnlich liebte er ganz besonders diese Stimmung am frühen Morgen, wenn die Sonne ihn mit all ihrer Pracht begrüßte und in den Tag einlud. In solchen Momenten empfand er doch meist große Wertschätzung für sein Leben und die Wendungen, die es genommen hatte.

Doch dies war kein gewöhnlicher Morgen. An diesem Tag war alles anders.

Er stand im Türrahmen seines Schlafzimmers und seufzte. Die halbe Nacht hatte er wach auf seinem Sofa liegend verbracht und sich gefragt, ob er nach diesem Unfall nicht etwa doch leichtfertig gehandelt hatte. Immerhin war Michael Tomlinson dabei verletzt worden. Der Arzt, der am nächsten Tag gekommen war, hatte zwar nur eine Gehirnerschütterung feststellen können, aber er hatte ihn schließlich auch nicht genauer untersucht.

Was, wenn er nun durch seine Hilfsbereitschaft etwaige Komplikationen im Heilungsprozess würde verantworten müssen?

Doch dies war nicht der geeignete Zeitpunkt für Reue. Mit verzweifeltem Ausdruck lag der scheinbar nur leicht lädierte Mann vor ihm und starrte abwesend an die Zimmerdecke. Tränen liefen über seine Schläfen und versickerten im Kopfkissen.

Anthony Browning räusperte sich.

»Mr Tomlinson, gibt es vielleicht irgendetwas, das ich noch für Sie tun kann? Es ist nämlich so, dass ich jetzt eigentlich zum Gestüt fahren müsste. Aber wenn ich Sie mir so ansehe, dann würde ich Sie gerade äußerst ungern allein lassen.«

»Doch, doch, fahren Sie nur … alles in Ordnung«, sagte sein Gast mit erstickter Stimme und wandte sein Gesicht zur anderen Seite ab, als würde er sich seiner Tränen schämen.

»Diesen Eindruck habe ich ehrlich gesagt ganz und gar nicht. Mir scheint, dieser Unfall war nur die Spitze eines Eisbergs und unter der Wasseroberfläche liegt noch viel mehr verborgen.«

Da er darauf keine Antwort erhielt, fuhr Mr Browning fort: »Ich werde jetzt ein kurzes Telefonat führen, damit mich jemand im Stall vertritt, und dann bin ich gleich wieder zurück. Dann reden wir beide einmal von Mann zu Mann, einverstanden?«

Michael Tomlinson nickte nur stumm und schluckte.

Während Mr Browning geschäftig in der Küche hantierte, starrte Michael in die honigfarbene Leere seines Krankenzimmers.

Die Sonne jenseits der halb zugezogenen Vorhänge gab sich alle Mühe, seine Stimmung zu heben, und schickte ein paar Strahlen zu ihm hinein. Doch es wollte ihr nicht gelingen.

Er fixierte die tanzenden Staubkörner, die im goldenen Gegenlicht wie Feenstaub glitzerten. Doch in seiner Verfassung konnte er diesem Lichtspiel nichts Magisches abgewinnen.

Anthony Browning betrat das Schlafzimmer mit einem freundlichen Lächeln und zwei großen Teetassen in der Hand und stellte sie auf dem altmodischen Nachtkästchen ab.

Michael bedankte sich bei seinem Gastgeber.

Die Aussicht auf das bevorstehende Gespräch spannte ihn doch ziemlich an. Er hatte Angst vor dem, was dabei herauskommen würde, was er erfahren würde. Über seine Samantha und diesen Timothy. Und letztlich auch über sich selbst.

Mr Browning zog sich einen Stuhl heran und setzte sich zu ihm ans Bett. Dann war er ihm dabei behilflich, im Liegen aus dem vollen Becher zu trinken, was mit einer Gehirnerschütterung kein leichtes Unterfangen war.

Eine Weile schwiegen sie gemeinsam, dann fragte Michael auf einmal in die Stille hinein: »Haben Sie jemanden gefunden, der Sie vertritt? Ich möchte Sie wirklich nicht …«

»Jaja, machen Sie sich nur keine Sorgen. Alles in Ordnung. Ich habe jetzt Zeit für Sie.«

»Das war wahrscheinlich ziemlich egoistisch von mir, dass ich Sie in diese Lage gebracht habe, aber glauben Sie mir bitte, ich war nicht bei klarem Verstand gestern.«

»Ganz sicher waren Sie das nicht. Ich habe Sie als äußerst umsichtigen Menschen kennengelernt. So ein schlimmer Unfall bedeutet nach meiner Erfahrung auch immer, dass einen – im wahrsten Sinne des Wortes – etwas aus der Bahn geworfen hat. Könnte ich damit richtigliegen?«

Michael fühlte einen Kloß im Hals und brachte kein Wort heraus. Er nickte nur.

»Ich möchte wirklich nicht in Sie dringen, Mr Tomlinson, aber ich habe das Gefühl, dass Sie ernsthaft jemanden zum Reden brauchen. Dieser Jemand muss natürlich nicht ich sein – Sie kennen mich ja praktisch nicht. Wenn

Sie möchten, rufe ich einen Ihrer Freunde für Sie an oder ...«

»Nein, nein, schon gut, Mr Browning ... So merkwürdig es klingt, aber ich wüsste in diesem Augenblick wirklich niemand anderen, mit dem ich lieber darüber reden würde als mit Ihnen ... über diesen Scherbenhaufen, der mein Leben zurzeit ist. Genau so ein Totalschaden wie mein Wagen. Alles ist kaputt und ich bin schuld daran – ich allein.«

»Glauben Sie mir, ich kenne solche Situationen. Ich habe schon so einige davon erlebt. Und auch wenn man es sich nicht vorstellen kann, man kommt wieder heraus. Es gibt einen Ausweg – immer. Sie müssen ihn nur finden, Mr Tomlinson. Und wenn ich kann, bin ich Ihnen gerne dabei behilflich.«

»Vielen Dank, Mr Browning, ich weiß Ihre Hilfsbereitschaft wirklich sehr zu schätzen.«

8

Samantha reagierte nicht auf das, was ihr der Polizeibeamte am anderen Ende der Telefonleitung nun bereits zum dritten Mal zu erläutern versuchte.

Sie stand im Kinderzimmer und war gerade damit beschäftigt, Colin anzuziehen. Wie durch ein Wunder hatte der Kleine seine Mutter nach einer weiteren kurzen Nacht länger schlafen lassen als gewöhnlich, und Samantha war an diesem Morgen nach langer Zeit endlich wieder so richtig glücklich.

Aber dieses Hochgefühl währte nur so lange, bis das Telefon läutete.

Wie durch einen Vorhang aus Watte nahm sie die Stimme des fremden Anrufers wahr. Ihre Gedanken waren wie automatisch sofort dabei, sich das Gehörte logisch zu erklären, auf eine Weise, die für sie selbst beruhigend wirkte. Unbewusst entfernte sie sich währenddessen ein paar Schritte von ihrem Sohn.

»Mrs Tomlinson, haben Sie verstanden, was ich Ihnen gerade berichtet habe?«

Der Tonfall des jungen Mannes war im Laufe des Gesprächs immer eindringlicher geworden.

»Jaja ...«, sagte Samantha reflexartig, obwohl sie sich nur an den ersten Satz erinnern konnte.

Wir haben einen Wagen, der sich offenbar mehrmals überschlagen hat, in der Nähe von Cardington Manor abseits der Straße in einer Böschung gefunden.

Der Beschreibung nach war es Michaels Wagen.

Diese Tatsache war ein solcher Schock für sie, dass sie vollkommen vergaß, dass Colin einen Meter von ihr entfernt ganz allein auf der Wickelauflage lag. Dort machte der Kleine bereits seine Umgebung unsicher, zupfte schier unzählige Zellstofftücher aus einem hübschen Karton mit Tiermotiven und untersuchte mit geschickten Fingern ein Ölfläschchen. Dann drehte er sich auf den Bauch, warf all seine Kleidungsstücke auf den Fußboden, die er in seine Händchen bekam, und fing unter lautem Juchzen an, auf der winzigen Tischfläche herumzukrabbeln.

Der plötzliche Schreck über diese Gefahrensituation brachte Samantha in die Gegenwart zurück. In letzter Sekunde, das Telefon zwischen Schulter und Ohr geklemmt, schnappte sie sich ihren Sohn und setzte ihn mit nacktem Popo in den Laufstall, wo er sofort damit begann, sich an den Gitterstäben hochzuziehen.

»… und wir würden natürlich gerne wissen, was da passiert ist und wie es zu dem Unfall gekommen ist. Können Sie uns in der Angelegenheit vielleicht weiterhelfen?«

»Was für ein Unfall? Wenn mein Mann einen Unfall gehabt hätte, dann müssten Sie doch mich darüber informieren und nicht umgekehrt.«

»Uns wurde aber kein Unfall gemeldet, obwohl es kräftig gekracht haben muss. Der Wagen sieht echt übel aus – auf jeden Fall ein Totalschaden.«

»Und mein Mann …?« Mehr brachte sie nicht hervor.

»Mit dem würden wir jetzt sehr gerne sprechen. Können Sie mir bitte sagen, wo sich Ihr Mann gerade aufhält?«

»Nein, ich habe doch keine Ahnung … ich weiß nicht, wo er ist«, stotterte Samantha, die nun zunehmend aufgewühlter wurde.

»Also bei Ihnen zu Hause befindet sich Ihr Mann nicht und Sie wissen auch nichts von einem Unfall«, resümierte der Polizist und dachte nach.

»Aber wo könnte er denn nur sein?« Samanthas Stimme klang leicht hysterisch.

»Wenn wir das wüssten, hätte ich Sie nicht angerufen, Mrs Tomlinson.«

»Ist er vielleicht herausgeschleudert worden und liegt dort jetzt noch irgendwo auf der Erde?«

»Wir haben bereits die gesamte Umgebung der Unfallstelle abgesucht – ohne Resultat.«

»Und wenn er nicht überlebt hat und ...«

»Mrs Tomlinson«, unterbrach sie der Beamte sanft. »Im Wageninneren ist keinerlei Blut zu sehen. Ich kann mir also nicht vorstellen, dass Ihr Mann schwer verletzt ist oder gar Schlimmeres. Solche Unfallautos sehen anders aus, das können Sie mir glauben! Das hätten wir auch mit Sicherheit bereits auf dem Revier erfahren, und dann würde Ihr Mann jetzt schon in der Gerichtsmedizin von Hastings liegen. Aber wie gesagt, ich glaube nicht ...«

»In der Gerichtsmedizin ...«, wiederholte sie atemlos.

»Bitte machen Sie sich doch jetzt keine unnötigen Sorgen, Mrs Tomlinson! Ihr Mann ist dort mit ziemlich großer Sicherheit nicht eingeliefert worden. Das ist einfach nur die übliche Vorgehensweise in so einem Fall – Polizeiroutine, verstehen Sie?«

»Ach so«, sagte sie leise. »Und was werden Sie nun als Nächstes tun?«

»Nun, da Sie als seine nächste Verwandte offenbar nichts über den Unfall wissen, werden wir jetzt erst einmal mit den Krankenhäusern in der Umgebung telefonieren.«

»Kann ich vielleicht auch etwas tun, um Sie zu unterstützen? Irgendetwas – egal was!«

»Selbstverständlich steht es Ihnen frei, sich ebenfalls in den Krankenhäusern nach Ihrem Mann zu erkundigen. Je schneller wir ihn finden, desto besser ist es! Und falls Sie ihn vor uns finden sollten, bitte benachrichtigen Sie uns sofort, damit wir nicht unnötig lange ermitteln. Um diese Jahreszeit sind wir doch immer ein wenig unterbesetzt auf der Wache, müssen Sie wissen.«

»Ja, das werde ich machen.«

»Und bestellen Sie Ihrem Mann bitte, dass er sich umgehend bei uns melden soll. Polizeihauptwache in Hastings.«

Samantha bestätigte und wollte gerade auflegen.

»Ach ja, noch etwas, Mrs Tomlinson: Was soll denn nun mit dem Wagen geschehen? Bei einem gemeldeten Unfall kümmern wir uns um den Abschleppdienst, aber in diesem Fall … Solange die Sache nicht geklärt ist, könnte Ihr Mann auch ebenso gut Opfer eines Verbrechens geworden sein oder unter Alkoholeinfluss diesen Unfall selbst verursacht und womöglich auch noch andere Menschen gefährdet haben. In dem Fall würden wir wegen Fahrerflucht ermitteln. Dann müsste der Wagen allerdings in die Spurensicherung.«

»Da kann ich Ihnen im Moment leider auch nicht weiterhelfen. Ich werde mich aber ebenfalls sofort auf die Suche nach ihm machen und er wird sich dann bestimmt bei Ihnen melden. Auf Wiederhören!«

Kreidebleich sah sie ihren Jüngsten an, der sie vom Laufställchen aus rotbäckig und gut gelaunt anstrahlte und etwas vor sich hin brabbelte.

Nach kurzer Überlegung tippte sie eine Nummer ins Telefon.

»Hallo, Mildred? Könnten Sie sich bitte sofort um Colin kümmern? Ich habe ein paar sehr wichtige Telefonate zu erledigen. Es handelt sich um einen Notfall.«

»Sehr gerne, Samantha, aber ich fürchte, es wird mindestens noch eine halbe Stunde dauern. Ich bin heute außerplanmäßig im Waisenhaus, weil doch Martha krank ist und die anderen beiden …«

»Wie bitte? Erst in einer halben Stunde?«, unterbrach sie die Kinderfrau barsch. »Bitte, beeilen Sie sich, Mildred! Die Polizei hat mich gerade angerufen – es ist etwas Schlimmes passiert. Mein Mann ... er hatte einen Unfall.«

Als sie diese letzten Worte aussprach, brach ihre Stimme und die Augen füllten sich mit Tränen.

»Um Gottes willen, Samantha! Ich sehe zu, was ich machen kann. Bis gleich!«

Ausgerechnet heute!

Samantha steckte das Telefon in die Jackentasche, nahm Colin hoch und legte ihn wieder zurück auf die Wickelauflage. Wie automatisch zog sie ihm nun endlich die frische Windel und Kleidung an, während sie sich in Gedanken die weitere Vorgehensweise zurechtlegte.

Sie würde zunächst sämtliche Krankenhäuser der Umgebung anrufen.

Oder besser zuerst Michael direkt auf seinem Mobiltelefon? Nach allem, was vorgefallen war ...

Wie würde er bloß reagieren?

Bei der Vorstellung brach ihr der Schweiß aus sämtlichen Poren und sie verwarf diese Reihenfolge direkt wieder.

Sie hob den Kleinen behutsam zurück in seinen gemütlichen, ausbruchsicheren Spielplatz und setzte sich in den gemütlichen Ohrensessel, den sie immer zum Stillen genutzt hatte. Nervös sah sie auf ihre Armbanduhr, als könnte die halbe Stunde schon vergangen sein. Doch es war noch nicht einmal zehn Minuten her, dass sie das Gespräch mit der Kinderfrau beendet hatte.

Mit einem Mal begann sie, schrecklich zu frieren. Sie fröstelte und schauderte aus Furcht vor dem, was sie bei ihrer Recherche erfahren könnte. Zwar kam es ihr deshalb gelegen, dass Mildred noch immer nicht erschienen war, aber hatte sie denn überhaupt eine Wahl? Sie musste sich unverzüglich ans Telefon setzen, das war sie Michael schuldig. Und auch sich selbst. Trotz allem, was zwischen ihnen in der letzten Zeit vorgefallen war. Er war schließlich noch immer ihr Ehemann.

Nach einem kurzen Blick auf Colin, der weltvergessen mit seinem Stoffbilderbuch hantierte, zog sie das Telefon wieder aus der Jackentasche. Mit dem Daumenballen polierte sie das Display und starrte darauf, als würde es ihr auf diese Weise das Geheimnis offenbaren, welches der Krankenhäuser sie zuerst anrufen sollte.

Einer plötzlichen Eingebung folgend, durchsuchte sie das Telefonregister, in dem seit ihrer Schwangerschaft die Nummer des Krankenhauses in Rye eingespeichert war.

Sie wählte, lauschte mit pochendem Herzen und vergaß dabei beinahe das Atmen. Schließlich meldete sich eine freundliche Frauenstimme.

Nach einer schrecklich langen Minute ließ Samantha erleichtert den Apparat sinken.

Nein, Michael war nicht dort eingeliefert worden und es war auch niemandem ein Unfall am gestrigen Tag bekannt. Von einem Todesfall wusste ebenso niemand etwas.

Sie seufzte auf und überlegte, wo sie als Nächstes nachfragen könnte.

Da ging die Türe auf und Mildred Boyle kam auf Zehenspitzen herein. Ihr Gesichtsausdruck war besorgt und sie wirkte untröstlich darüber, dass sie nicht sofort hatte kommen können.

Samantha klärte sie mit leisen Worten darüber auf, was offenbar geschehen war, und wofür es noch keine wirkliche Erklärung gab.

Mildred wünschte ihr Glück und Samantha ging hinüber in den Ostflügel.

Auf dem Weg zum Arbeitszimmer drängten sich ihr sofort sämtliche Vorkommnisse des Abends ins Bewusstsein, als Michael zum letzten Mal hier im Haus gewesen war, und an dem sich wohl auch dieser Unfall zugetragen hatte.

Es waren unschöne Begebenheiten, was Michael betraf, und geradezu überirdische, wenn sie an Timothy dachte.

Ach, Timothy ...

Sie seufzte auf und fühlte im selben Augenblick eine warme Woge, die sie umfing. Wie glücklich sie bis jetzt mit ihm jede Nacht bis fast zum Morgengrauen in seinen Armen war! Ihre Gedanken verweilten ein paar trotzige Momente lang bei ihren lustvollen Stunden im Boudoir und sofort wurde es ihr flau im Magen.

Doch jetzt gerade war Timothy so weit von ihr entfernt, als wäre er nur ein fantastischer Traum ihrer einsamen Nächte gewesen. Beinahe unwirklich.

Obwohl sie sich gerade einen Menschen an ihrer Seite gewünscht hätte, der diese schreckliche Situation mit ihr durchstünde, war sie froh darüber, dass Timothy in dieser hochemotionalen Stimmung nicht in ihrer Nähe war. Sie hatte solch eine fürchterliche Angst um Michael und war sich nicht sicher, ob Timothy sie wirklich verstanden und unterstützt hätte.

Er hatte ihr am frühen Vormittag eine kurze Mitteilung von seinem Smartphone aus gesendet. Sein Vater hatte ihn eilends abberufen, weil er dringend bei den Pferden benötigt würde. Außerdem gab ihm sein alter Herr Entwarnung: Die Pressemeute, die bereits in London hinter ihm her gewesen war, hatte Cardington Manor offenbar wieder verlassen. Deshalb gäbe es für ihn keinen Grund mehr, Samanthas Asylangebot noch länger zu strapazieren. Er könnte nun endlich wieder sein Quartier über den Stallungen beziehen. Nicht, dass noch Gerede entstünde.

Damit war das Problem gelöst, wie sie ihre Beziehung mit Timothy vor dem Personal geheim halten konnte. Zwar würden sich solch endlos scheinende Nächte wie die vergangenen nun nicht mehr so einfach organisieren lassen, aber sie würden andere Wege für ihre gemeinsamen Stunden finden. Bestimmt sogar.

Nun würde sie sich auch wieder gelassener in ihrem eigenen Haus bewegen können, wenn sie nicht dauernd Gefahr liefe, Timothy in der Küche oder irgendwo sonst zu begegnen. Sie war sich sicher, dass jeder, der sie zusammen zu Gesicht bekäme, sofort sehen müsste, wie stark die Anziehung und die Vertrautheit zwischen ihnen inzwischen waren.

Plötzlich fand sie sich vor der Tür des Arbeitszimmers wieder, und ihr Ausflug in eine romantische Zukunft mit Timothy endete abrupt. Jetzt – in diesem Moment – musste sie als Ehefrau von Michael und die Mutter seiner Kinder handeln, so schwer es ihr auch fiel. Zwischen ihr und Michael war zwar ein Abgrund entstanden und der klaffte nun so weit wie der Grand Canyon, aber sie musste sich jetzt einfach dazu zwingen. Das war gerade nicht die Zeit für falschen Stolz.

Sie durchquerte den Raum, bis sie vor dem Schreibtisch zum Stehen kam. Weil sie nicht die Geduld aufbrachte, zu warten, bis der Bürocomputer startklar war, um Informationen preiszugeben, schlug sie ein Telefonbuch auf und suchte nach den anderen Krankenhäusern der Umgebung. Dort würde sie nun zuerst anrufen, und falls man ihr wieder nichts über Michael sagen könnte – und nur dann! –, würde sie es direkt bei ihm auf seinem Handy versuchen.

Zitternd setzte sie sich in den Bürosessel und tippte mit starren, eiskalten Fingern die erste Nummer in den Apparat.

9

Michael atmete geräuschvoll aus.

Nach einer Weile sagte er: »Es steht mir zwar nicht zu, Ihnen das anzutragen, Mr Browning, aber es würde mir sehr helfen, wenn wir uns beim Vornamen nennen könnten … Es würde mir dann vielleicht etwas leichter fallen, über mich selbst zu sprechen. Wäre das in Ordnung für Sie?«

»Selbstverständlich, Michael, sehr gerne!«

Der Ältere reichte dem Jüngeren die Hand und sagte sofort und in einem freundschaftlichen Tonfall: »Ich bin Anthony, aber du kannst mich auch gerne Tony nennen, wenn du möchtest.«

»Danke sehr, ich bleibe gerne bei *Anthony*. Mein Großvater hieß so.«

Einen kurzen Moment lang lächelten sie sich verlegen an, dann sagte Michael: »Irgendwie komisch, dass ich ausgerechnet mit dir darüber sprechen möchte. Es sieht nämlich so aus, als hätte ich meine Frau an deinen Sohn verloren. Ausgerechnet! Und ich Vollidiot habe sie auch noch in seine Arme getrieben. Kannst du dir so viel Dummheit überhaupt vorstellen?«

»Oje, dann ist mir klar, was du gerade durchmachst.« Anthony schüttelte bedauernd den Kopf. »Und ich fühle mich deshalb besonders geehrt für dein Vertrauen. Aber du spürst offenbar auch, dass ich es gut mit dir meine, nicht wahr? Mit dir und deiner Frau.«

Michael nickte nur zur Bestätigung. Ja, es war komisch, aber er vertraute diesem Mann, dem Vater seines Rivalen. Er verstand selbst nicht, warum das so war. Vielleicht weil er selbst keinen Vater mehr hatte und genau in diesem Moment einen gebraucht hätte?

Mit einem Anflug von Staunen über die merkwürdige Konstellation lächelte er Anthony an, und dieser fuhr fort: »Weißt du, was du sagst, bestätigt nur meinen Eindruck. Ich hatte auch schon so einen Verdacht, um ehrlich zu sein.«

Er nahm einen Schluck aus seiner Tasse, wie um Zeit zu gewinnen; Zeit zum Nachdenken. Wohl, damit er auf keinen Fall etwas Falsches sagte in dieser höchst delikaten Situation.

»Natürlich liebe ich Timothy – er ist schließlich mein Sohn. Und ich weiß auch, dass er deine Frau aufrichtig liebt, und das offenbar schon länger. Aber ich fühle, dass es nicht richtig ist. Weißt du, Michael, für mich ist die Ehe heilig, und da darf man sich nicht hineindrängen, wie ich finde, und …«

»Moment …«

Michael gestikulierte auch mit den Händen seinen Wunsch nach Unterbrechung und versuchte einen Moment lang, das Gehörte mit geschlossenen Augen vielleicht leichter verstehen zu können.

»Also kennen sie sich doch schon länger! Hab ich es doch gewusst!«

Diese Erkenntnis verwandelte seine Niedergeschlagenheit augenblicklich in Wut.

»Sie muss mich ja wirklich für unglaublich blöd halten!«

Wie auf ein geheimes Stichwort hin ertönte das rhythmische Läuten eines Telefons und holte ihn aus seinen Gedanken.

Anthony stand auf und eilte zu einem dunkelgrünen Sessel, über dessen Lehne Michaels Kleidung lag. Er folgte dem durchdringenden Ton und griff beherzt in die Hosentasche einer zerrissenen Bluejeans.

»Ach, Anthony, lass es lieber läuten. Ich weiß gar

nicht, ob ich da jetzt überhaupt rangehen möchte.«

»Aber das solltest du«, sagte Anthony und reichte ihm den Apparat. »Bestimmt macht man sich schon große Sorgen um dich.«

Nach einem Blick auf das Display ließ Michael das immer lauter klingelnde Ding wieder sinken.

»Es ist Samantha. Ich glaube, mir wird gerade schlecht – vor Wut. Ich platze gleich!«

»Michael, geh besser ran! Ihr solltet miteinander sprechen. Es ist nicht gut, wenn ihr nichts voneinander hört.«

»Da bin ich mir gerade gar nicht so sicher – denn das Letzte, was ich von ihr gehört habe, waren ihre Lustschreie, während sie mit deinem Sohn im Bett gewesen ist. Das hat mir neulich den Rest gegeben, das kannst du mir glauben.«

»Ich verstehe dich ja – das muss sehr schwer für dich gewesen sein, aber …«

Es machte Anthony sichtlich Mühe, gegen den schrillen Lärm anzusprechen.

»… aber geh jetzt einfach ran. Sie macht sich sicher große Sorgen um dich.«

Anthony ging ein paar Schritte zur Tür, bevor er sie von außen verschloss, sagte er noch: »Ich komme wieder, sobald euer Gespräch beendet ist.«

Michael verdrehte die Augen, stöhnte dabei auf und drückte auf den grünen Knopf. Die hektisch blinkende Anzeige verfärbte sich schwarz. Ohne sich zu melden, hielt er sich das Telefon ans Ohr.

10

Samantha brach der Schweiß aus allen Poren, als das schier endlose Klingeln endlich verstummte, weil offenbar jemand das Gespräch angenommen hatte. Aber sie hörte nichts.

»Hallo? Michael?«, rief sie lauter und schriller in den Hörer, als sie es eigentlich gewollt hatte. Sie lauschte angestrengt und hatte auf einmal panische Angst, dass eine fremde Person am anderen Ende des Telefons sein könnte. Eine Person, die drangegangen ist, weil Michael es womöglich nicht mehr konnte. Eine Person, die ihr möglicherweise etwas sehr Schlimmes mitzuteilen hatte.

Aber aus dem Hörer kam nur Stille. Niemand sagte auch nur ein einziges Wort zu ihr.

»Wer ist denn da? Michael, bist du das? Bitte, melde dich doch!«

Tränen liefen ihr übers Gesicht und sie wischte sie mit dem Handrücken weg.

»Was willst du?«, fragte er nach einer gefühlten Ewigkeit. Seine Stimme klang eiskalt.

»Hören, wie es dir geht, natürlich.«

»Danke, gut.«

Sie wusste in dem Moment nicht, ob sie mehr darüber erleichtert war, dass er noch lebte, oder mehr entsetzt über die Kälte, die von ihm ausging.

»Hattest du wirklich einen Autounfall? Die Polizei hat mich gerade angerufen und …«

»Ja, hatte ich.«

»Und? Ist dir etwas passiert? Bist du verletzt?«

»Das geht dich nichts mehr an.«

Sie verdrehte die Augen und stieß dabei einen leisen

Seufzer aus.

»Kann ich dann vielleicht etwas für dich tun? Brauchst du irgendetwas?«

»Selbst wenn es so wäre, du wärst die Letzte, die ich jetzt um einen Gefallen bitten würde.«

»Michael ...«

Sie schüttelte den Kopf und wusste schon nicht mehr, welchen Ton sie ihm gegenüber anschlagen sollte.

»Könnten wir uns vielleicht einfach unterhalten wie erwachsene Menschen?«

»Für meinen Geschmack müssen wir uns gar nicht unterhalten.«

Sie schnaubte. Hatte diese Unterhaltung überhaupt noch einen Sinn? Wenigstens wusste sie jetzt, dass er lebte, und das musste wohl genügen.

Aber irgendetwas in ihr wollte noch nicht aufgeben.

»Wo bist du eigentlich gerade?«, fragte sie so beiläufig, wie es ihr in diesem Moment möglich war.

»Ich frage dich das doch auch nicht«, kam es barsch zurück.

Und nach einer Weile: »War es das?«

»Ja.«

Ihre Tränen waren mit einem Schlag versiegt.

Abweisend konnte sie schließlich auch sein.

»Wenn du gar nicht wissen möchtest, wie es mir geht, ja, dann war es das.«

»Wie es dir geht?« Er lachte zynisch auf.

»Das muss ich wohl nicht erst fragen. Davon habe ich mich gestern leibhaftig überzeugen können, wenn auch nicht ganz freiwillig.«

»Tja, in dieser Beziehung dürfte es dir ja ebenfalls ganz gut gehen, nicht wahr? Ich erinnere dich ungern, aber du hast schließlich damit angefangen, eine außereheliche Beziehung zu unterhalten, nicht ich. Also mach mir jetzt bloß keinen Vorwurf! Ich habe nur auf deine Eröffnung reagiert.«

Er schnaubte nur und ließ diese Feststellung unkommentiert.

»Michael ... trotz allem, was gerade zwischen dir und mir schiefläuft, bist du für mich immer noch mein Ehemann und der Vater unserer Kinder, und ...«

»Wie schön, dass du dich daran erinnerst.«

»Ja, das tue ich! Allerdings! Erinnerst du dich denn auch daran, wenn du in den Armen deiner Patricia liegst?«

Eigentlich wollte sie mit diesem Satz überzeugend gekontert haben, aber danach musste sie schmerzlich feststellen, wie sehr sie der bloße Gedanke daran verletzte, dass ihr Michael wieder in den Armen einer anderen Frau lag, die ihm einmal sehr viel bedeutet hatte. Und mit der er ursprünglich sein Leben geplant hatte.

Er ging gar nicht erst darauf ein.

»Liebst du ihn denn, deinen Gazetten-Schönling?«, wollte er stattdessen wissen. Seine Stimme klang nun spöttisch und verbittert.

»Warum möchtest du das wissen?«

Sie schnaubte scheinbar belustigt und hatte plötzlich das Gefühl, diese Situation schon einmal erlebt zu haben. Hatte sie nicht in der Vergangenheit bereits ein ähnliches Gespräch geführt? Und dann fiel es ihr mit einem Mal ein: Es war ihr letztes Telefonat mit Charles gewesen, und seine Fragen galten damals Michael.

Diese Situation war einfach nur grotesk.

Sie drängte diese Gedanken beiseite und konterte mit einer Gegenfrage: »Liebst du sie denn, deine Patricia?«

Dann schwiegen sie eine Weile, bis Samantha schließlich sagte: »Ich finde, das führt hier zu nichts, außer dazu, irgendwelche Wunden unnötig aufzureißen. Es tut mir sehr leid, Michael, dass du neulich abends mitbekommen hast, wie Timothy und ich ...«

Sie wollte sagen, *uns geliebt haben,* aber sie brachte es nicht übers Herz, den Satz zu Ende zu sprechen.

»Wenn ich gewusst hätte, dass du nach Hause kommst, wäre das sicher anders abgelaufen.«

»Nach Hause ist gut«, sagte er süffisant und schnaubte scheinbar belustigt.

»Ich kann nichts dafür, dass du Cardington Manor nicht mehr als dein Zuhause betrachtest. Und das offenbar ja nicht erst seit diesem Abend. Du bist schließlich gegangen – hinaus in die weite Welt zu all den reizvollen Aufträgen, die dort auf dich warten. Aber wenn man dich so reden hört, könnte man meinen, ich hätte dich vor die Tür gesetzt, um mich mit einem anderen Mann zu vergnügen.«

»Ja, ich bin gegangen – aber doch nicht für immer! Aber am nächsten Tag liegt sofort dieser andere Kerl in meinem Bett!«

»Du willst mich doch nur provozieren – du weißt, dass das nicht stimmt!«

»Ach nein? Stimmt es nicht? Dann stimmt es wahrscheinlich auch nicht, dass du den Typen schon sehr viel länger kennst!«

»Doch, natürlich.« Sie bemühte sich nun, ihre Stimme sachlich klingen zu lassen.

»Wie ich dir ja bereits einmal erzählt habe, ist Timothy damals ein Gast auf Charles' vierzigstem Geburtstag gewesen. Dort sind wir uns zum ersten Mal begegnet.«

Weil er außer einem verächtlichen Geräusch nichts dazu zu sagen hatte, fuhr sie fort: »Michael ... damit dieses Gespräch noch irgendeinen Sinn bekommt und ich meiner Pflicht genüge: Die Polizei in Hastings wartet auf deinen Anruf, weil sie deinen Wagen gefunden haben und nun Klärungsbedarf besteht.«

Dann fiel ihr noch etwas ein: »Ach ja, wohin soll ich dir deine Post nachsenden? In deine Wohnung nach London? Oder zu deiner …«

Patricia?, wollte sie noch fragen, da ertönte plötzlich ein vertrauter Piepton und das Gespräch war beendet. Michaels Akku war wohl wieder einmal leer geworden, und wie sie ihn kannte, hatte er das Ladekabel nicht bei sich.

»Wenigstens ist er noch am Leben …«, sagte sie tonlos vor sich hin und legte das Telefon in die Ladestation zurück.

11

Michael feuerte sein Smartphone in den Sessel, auf dessen Lehne ordentlich gefaltet seine Kleidung lag.

»So eine verdammte Scheiße!«, brüllte er mit gleicher Vehemenz und erinnerte sich im selben Moment daran, wo er sich gerade befand.

Seine momentane Stimmung wollte so gar nicht zu der friedlichen und gemütlichen Atmosphäre des behaglichen Schlafraumes passen. Er kam sich wie ein Fremdkörper vor im Haus dieses herzensguten Mannes, dem er sich auf seltsame Weise verwandt fühlte.

Durch Michaels geräuschvollen Ausbruch herbeigerufen, steckte Anthony seinen Kopf zögernd zur Tür herein und fragte im Flüsterton: »Alles in Ordnung bei dir?«

Als er sah, dass sein junger Freund nicht mehr telefonierte, kam er herein und nahm seinen Platz wieder ein. In der Hand hielt er eine kleine Platte, auf der Apfelschnitze und ein paar Kekse lagen. Er bot Michael davon an, und weil dieser nicht darauf reagierte, stellte er den Teller auf dem Nachttisch ab.

Die beiden Männer saßen nun wieder beisammen und schwiegen, bis der ältere von ihnen vorsichtig begann: »Soll ich dich besser nicht fragen, wie es gelaufen ist?«

Michael schnaubte und schüttelte den Kopf.

»Du kannst mich gerne fragen, aber die Antwort wird dir nicht gefallen. Das Gespräch ist in mehrfacher Hinsicht völlig danebengegangen. Ich bin offenbar wirklich ein Vollidiot.«

»Nein, Michael, das bist du ganz bestimmt nicht – würden wir sonst hier zusammensitzen und reden? Einen

Vollidioten hätte ich bestimmt nicht mit zu mir nach Hause genommen! Oder traust du mir das etwa zu?«

Diese liebenswürdige Art rührte Michael und er konnte nicht anders, als seinen Gastgeber anzulächeln.

»Auf jeden Fall habe ich es vergeigt … und dann ist mir noch – wie könnte es anders sein – im entscheidenden Moment der Akku ausgefallen.«

»Dann solltet ihr einfach bald wieder persönlich miteinander sprechen, also so richtig von Angesicht zu Angesicht. Und du wirst die Dinge eben dann geraderücken. Meinst du nicht?«

»Tja … genau das kann ich mir eben kaum vorstellen. Es ist alles so verfahren, weißt du? Im Augenblick habe ich nicht viel Hoffnung, dass es sich jemals wieder einrenkt zwischen Samantha und mir.«

»So schlimm?«

Als Antwort seufzte Michael nur.

»Lieber Michael, so sehr ich auch meinem Sohn eine Frau wie deine Samantha wünschen würde – ich kann mir nicht vorstellen, dass diese Liaison für die Ewigkeit ist.«

Michael blickte Anthony mit einem Mal direkt in die Augen.

»Bitte sag mir, was du darüber weißt! Ich möchte es doch so gerne verstehen, was sie an ihm findet. Aber Samantha ist mir immer nur ausgewichen, wenn ich sie darauf angesprochen habe. Woher kennen sich die beiden? Was verbindet sie miteinander? So eine Liebe kommt doch nicht über Nacht, nicht einfach so! Eine Liebe muss doch wachsen, nicht wahr? Was hat sie denn da vor mir verheimlicht? Und warum?«

Anthony stieß den Atem aus, wie jemand, der unter einer schweren Last steht.

Michael war sich im Klaren darüber, was er da von ihm verlangte. Er spürte den immensen Konflikt, in dem sich Anthony befand. Dass er ihm einerseits helfen wollte, seine Samantha zurückzubekommen, doch andererseits nicht seinen eigenen Sohn dafür opfern konnte. Dass er es dennoch versuchen wollte, rechnete Michael ihm hoch an.

»Weißt du …«, begann Anthony zögerlich, »… eigentlich gebe ich dir recht, aber bei Timothy ist die Liebe wirklich über Nacht gekommen.«

»Wie meinst du das?«

»Na ja, … die Geschichte ist schon ein paar Jahre her. Es ist wahrscheinlich am Abend des vierzigsten Geburtstags von meinem alten Freund Charles passiert, vielmehr war er zu diesem Zeitpunkt bereits nicht mehr mein Freund. Er hatte mich zu einem Geschäft überredet, von dem er wusste, dass es mich ruinieren würde … Es war natürlich mein eigener Fehler, weil ich meinem Freund vertraut habe, ohne mich genauer zu informieren. Langer Rede kurzer Sinn – ich war ruiniert. Mein guter Freund Charles half mir aus der Patsche und ich habe im Zuge dessen meinen Hengst an ihn verloren. Erst etwas später habe ich erfahren, dass genau das seine Absicht gewesen ist. Damit hatte ich nie im Leben gerechnet … Charles hat das alles von langer Hand geplant, verstehst du? Mein Freund hat meinen Ruin geplant, um sich daran zu bereichern!«

Michael sah ihm an, dass er diese Angelegenheit noch immer nicht verwunden hatte und es tat ihm von Herzen leid. Er schüttelte den Kopf.

»Ja, ich habe von der Sache gehört. Was für ein Irrsinn! Und wie ist es danach weitergegangen?«

»Ich habe mich daraufhin aus der Gesellschaft zurückgezogen … habe den Konkurs abgewickelt, wie man so schön sagt. Die Freundschaft zu Charles war für mich natürlich beendet. Ich wollte nicht einmal mehr mit ihm über die Sache sprechen, so sehr war ich verletzt und enttäuscht.«

»Das kann ich verstehen. Würde mir genauso gehen.«

»Aber nicht Timothy. Mein Sohn ist in diesen Dingen ein ausgesprochener Heißsporn, ein Gerechtigkeitsfanatiker, wie er im Buche steht.«

Anthony lächelte versonnen. Mit Wehmut in der Stimme ergänzte er: »Das hat er von seiner Mutter ... Meine Violet ist genauso.«

Er seufzte traurig und Michael spürte, dass ihn diese Erinnerung immer noch schmerzte.

»Die beiden haben mich dann gemeinsam bearbeitet. Sie haben mich dazu überreden wollen, dass ich Charles zur Rede stelle und seinen Betrug öffentlich anprangere.«

Er sah Michael an, zuckte mit den Achseln und schüttelte resignierend den Kopf.

»Aber das entspricht einfach nicht meiner Art. Kannst du das verstehen?«

Michael nickte nur und Anthony fuhr fort.

»Für meine Violet bin ich ab diesem Zeitpunkt nur noch ein Feigling gewesen. Sie hat gesagt, sie hätte dadurch die Achtung vor mir verloren. Und als wir uns durch den Konkurs nicht einmal mehr den Jahresbeitrag für den Countryclub haben leisten können, hat sie mich verlassen. Nach mehr als dreißig Jahren ...«

Seine Augen wurden feucht.

»Violet hat jetzt einen neuen, äußerst erfolgreichen Mann an ihrer Seite, wie man sich erzählt.«

»Puh, das ist wirklich bitter«, sagte Michael mit aufrichtigem Mitgefühl.

»Und wie ist die Sache dann weitergegangen?«

»Timothy hat sich maßlos darüber aufgeregt – aber auch über seine Mutter, weil sie nicht zu mir gestanden hat. Aber wer könnte es ihr denn verdenken? Er hat dann die Idee gehabt, sich an Charles zu rächen. Und da ich Charles ja nie zur Rede gestellt habe, hat er ja nicht mitbekommen, dass ich alles gewusst habe. Irgendwann habe ich dann sogar eine Einladung zu seinem vierzigsten Geburtstag bekommen, und Tim hat gesagt, das wäre die Gelegenheit, um ihm die Sache endlich heimzuzahlen.«

»Das macht ihn mir jetzt direkt ein bisschen sympathischer«, sagte Michael, doch Anthony ging nicht darauf ein. Offenbar tat es auch ihm gut, seine Sicht dieser schmerzlichen Angelegenheit einmal jemandem zu erzählen.

»Ich war natürlich noch immer dagegen, aber er hat es sich nicht nehmen lassen und hat die Einladung in meinem Namen angenommen. Wir sind dann gemeinsam nach Cardington Manor gefahren. Ich sollte im Wagen warten und schnell losfahren, wenn er zurückkommt. Er hatte wohl damit gerechnet, dass er mit Schimpf und Schande aus dem Haus gejagt würde, wenn er seinen Auftritt gehabt hat!«

Anthony schüttelte den Kopf und lachte daraufhin. Und auch Michael konnte sein Schmunzeln nicht verbergen.

»Dieser verrückte Junge! Er hat Charles meine Glückwünsche überbracht und gesagt, ich wäre kurzfristig krank geworden, und Charles – der Ahnungslose – hat ihn dann natürlich dazu eingeladen, an meiner Stelle den Abend dort zu verbringen.«

Er nahm einen Schluck Tee und war dann Michael ebenfalls behilflich, aus seinem Becher zu trinken.

»Und jetzt stell dir vor, Michael, wer Tims Tischdame an diesem Abend war! Hazel McGregor!«

Beide lachten kurz auf.

»Jeder andere Mann wäre sich vorgekommen, als hätte er im Lotto gewonnen. Aber Tim hat den ganzen Abend lang nur nach einer Gelegenheit Ausschau gehalten, um Charles vor all seinen erlauchten Gästen bloßzustellen.«

»Und? Kam diese Gelegenheit dann auch irgendwann?«

»Nicht direkt. Aber im Laufe des Abends hat Charles

dann seine Frau – also deine Samantha – vor allen Gästen offenbar in eine höchst peinliche Situation gebracht und sie ist daraufhin in den Park hinausgelaufen. Tim ist ihr wohl hinterhergegangen.«

»Jetzt kommt der interessante Teil«, sagte Michael. Er wollte sich im Bett ein wenig aufsetzen, wurde aber durch den Schmerz in seinem Kopf sogleich daran gehindert.

»Michael, um es gleich vorwegzunehmen, ich habe keine Ahnung, was an diesem Abend zwischen den beiden vorgefallen ist – ob überhaupt etwas vorgefallen ist.«

»Schon in Ordnung! Was ist dann passiert?«

»Ich saß also während der ganzen Zeit im Wagen und habe, wie vereinbart, auf ihn gewartet. Irgendwann habe ich mich dann darüber gewundert, dass Timothy gar nicht mehr herauskommen wollte – wo er doch wusste, dass ich im Wagen saß und auf ihn wartete. Ich wollte mir dann die Füße ein wenig vertreten, bin ausgestiegen und um das Haus herumgegangen, weil ich durch ein Fenster habe schauen wollen.«

Er trank noch einen Schluck aus seinem Teebecher.

»Da war sie dann versammelt, die ganze feine Gesellschaft, zu der ich auch einmal gehört habe. Alle in erlesener Abendgarderobe. Timothy habe ich aber nirgendwo entdecken können. Ganz plötzlich ist dann Charles an meinem Fenster aufgetaucht – direkt neben meinem Kopf – und ich bin blitzschnell in den Park hineingelaufen. Wie ein fliehender Dieb! Was sagt man dazu? Stell dir nur einmal vor, wenn Charles mich tatsächlich entdeckt hätte! Was für eine peinliche Situation!«

Anthony schnaubte amüsiert wie über einen dreisten Streich aus fernen Jugendtagen, und Michael lächelte ihn an.

»Und wie ich so in die Dunkelheit hineinlaufe, höre ich auf einmal einen Mann und eine Frau miteinander sprechen. Und ein paar Schritte später habe ich dann die

Stimme von Tim herausgehört, sie kam aus einem Pavillon. Ich habe ihn angesprochen, um mich zu erkennen zu geben, habe ihn gefragt, wo er denn bleibt.«

»Was haben die beiden denn dort gemacht?«, fragte Michael mit belegter Stimme.

»Gesehen habe ich nicht viel, eigentlich überhaupt nichts. Es war ja stockfinster. Er hat wohl mit Charles' Frau in diesem Pavillon zusammengesessen, und sie haben wahrscheinlich miteinander geredet. Als ich gekommen bin, ist er schnell aufgestanden und hat mich nach einem kleinen Wortwechsel nach draußen begleitet. Lady Cardington war auf jeden Fall ziemlich wütend auf ihn – warum, entzieht sich allerdings bis heute meiner Kenntnis.«

Er machte eine kurze Pause, bevor er sagte: »Ehrlich gesagt, ich vermute, Tim hat versucht, deine Samantha zu verführen, um sich an Charles zu rächen, aber ich habe ihn wohl dabei gestört.«

Anthony sah Michael nun direkt an und lächelte beschwichtigend.

»Wie gesagt, das weiß ich nicht mit Gewissheit, aber ich muss einräumen, dass es zu Timothy passen würde. Sein *Schlag bei den Frauen*, wie man so sagt, ist für ihn schon immer ein todsicheres Mittel gewesen, dessen er sich eben manchmal nur allzu gern bedient. Schon in der Schule brachten ihm sein hübsches Gesicht und sein Charme hin und wieder Vergünstigungen ein bei den Lehrerinnen.«

Er lachte kurz auf, nicht ohne einen gewissen Stolz in der Stimme.

Michael fand das ganz und gar nicht lustig. Er schnaubte voll Verachtung, und ohne dass er es wollte, ballten sich seine Fäuste unter der Bettdecke.

In diesem Augenblick hätte er diesem eingebildeten Schönling gerne einmal ein paar Manieren beigebracht.

Bevor er sich jedoch die Einzelheiten dazu ausmalen konnte, erzählte Anthony weiter.

»Er hat danach kein Wort mehr gesagt und wir haben auch nie wieder über die Sache gesprochen. Aber Tim war seitdem irgendwie verändert. Ich bin mir sicher, dass er sich an diesem Abend in Lady Cardington verliebt hat. Gerade so, als wollte das Schicksal ihn dafür bestrafen, dass er diese unschuldige Frau für seine Rachepläne hatte benutzen wollen. Eine Frau, die er niemals würde für sich gewinnen können.«

Es entstand eine kleine Pause, in der Anthony gedankenverloren an seinem Tee nippte, bis Michael auf einmal sagte: »Nun … vielleicht hat er sie ja inzwischen doch für sich gewinnen können.«

Anthony zuckte mit den Achseln und schüttelte den Kopf.

»Dazu kann ich nichts sagen. Allerdings kann ich mir nicht vorstellen, dass sie seine Gefühle erwidert, so wütend, wie sie an besagtem Abend auf ihn gewesen ist.«

»Und warum konnte sie mir das – bitte schön – nicht selbst erzählen?«

»Das kann ich dir leider auch nicht beantworten, Michael. Das musst du deine Frau schon selbst fragen.«

Sie schwiegen eine Weile, dann fragte Anthony: »Aber wie ist es denn überhaupt dazu gekommen, dass sie … ich meine, dass sie mit Timothy zusammengekommen ist? Da muss doch davor etwas vorgefallen sein, zwischen deiner Frau und dir? Oder irre ich mich?«

»Nein, du irrst dich leider nicht.« Michael atmete geräuschvoll aus. »Das ist eine lange und auch nicht besonders schöne Geschichte. Ich weiß nicht, ob du sie wirklich hören möchtest.«

»Ich brenne darauf, sie zu hören, aber davor hole ich uns frischen Tee. Und du versprichst mir, dass du in der Zwischenzeit etwas isst, einverstanden?«

12

Welch ein fröhlich unbekümmertes Spiel! Wenigstens hier in diesem Raum war das Leben so leicht und süß wie Zuckerwatte. Und sie wollte alles daransetzen, dass es auch so blieb.

Colin krabbelte gerade quer durchs Kinderzimmer, als Samantha hereinkam. Sie verweilte einen Moment lang an der Schwelle der Tür und beobachtete das lustige Treiben.

Der Kleine quietschte vor Vergnügen. Mildred Boyle – ebenfalls auf allen vieren unterwegs – gab mit verstellter Stimme vor, ihn fangen zu wollen, verpasste ihn aber scheinbar immer im letzten Moment, was seine Freude nur noch mehr steigerte.

Als er seine Mutter entdeckte, änderte er die Richtung und kam geradewegs auf sie zu. Er zog sich an ihren Beinen hoch, bis er – noch etwas wackelig – zum Stehen kam. Dann reckte er ihr die Ärmchen entgegen.

Samantha hob ihn in ihre Arme und küsste ihn auf das seidig blonde Haar.

»Ja, was macht ihr denn für tolle Sachen?«, fragte sie ihn und vergaß dabei für den Bruchteil einer Sekunde ihre Sorgen. Ihren kleinen, duftenden Schatz zu spüren, war wie der Ausflug in eine heile Welt. Sie hielt ihn fest und schmiegte sich innig an ihn, bis Tränen in ihre Augen traten.

Mildred war ebenfalls aufgestanden. Der besorgte Ausdruck war augenblicklich auch in ihr Gesicht zurückgekehrt,

»Haben Sie etwas in Erfahrung bringen können wegen des Unfalls? Wie geht es Ihrem Mann? Ist es sehr schlimm?«

»Ich weiß es nicht ... ich habe es jedenfalls nicht genauer in Erfahrung bringen können. Ich weiß nur, dass er lebt, aber nicht, wie schwer er verletzt ist.«

Samantha konnte sich vorstellen, dass es sich für eine außenstehende Person wie Mildred seltsam anhören musste, dass die Ehefrau keine genaueren Informationen über den Autounfall ihres Mannes erhalten hatte.

Sie setzte Colin in den Laufstall und schüttelte einen weichen Ball, der dabei ein rasselndes Geräusch von sich gab. Als der Kleine abgelenkt war, wandte sie sich wieder der Kinderfrau zu.

»Aber ich muss Sie bitten, sich heute weiterhin um Colin zu kümmern – womöglich noch den ganzen restlichen Tag. Ich werde jetzt zur Unfallstelle fahren und kann einfach noch nicht genau sagen, wie lange es dauern wird, bis ich zurück sein werde.«

»Selbstverständlich, Samantha. Das verstehe ich vollkommen. Es macht mir nichts aus, mich um den kleinen Engel zu kümmern, ganz im Gegenteil.«

»Fein. Dann weiß ich wenigstens ihn in guten Händen. Am besten wäre es, wenn Sie ihn mit rüber ins Kinderheim nehmen würden. Dann hat er jemanden zum Spielen, und Sie können zumindest zeitweise wieder für Martha einspringen.«

»Ja, genau, so machen wir es.«

Samantha wandte sich schnell zur Tür. Sie war froh, ohne weitere Erklärungen ausgekommen zu sein. Sie hatte das Zimmer schon fast verlassen, da hörte sie plötzlich hinter sich die Frage: »In welchem Krankenhaus liegt Ihr Mann denn eigentlich?«

Sie drehte sich um und sah Mildred mit erschrockenem Gesicht an.

»Entschuldigen Sie bitte! Ich wollte Ihnen wirklich nicht zu nahe treten, Samantha ...«, parierte diese sofort, und Samantha konnte sehen und spüren, wie zutiefst unangenehm es ihr war.

»Schon gut«, sagte sie matt und ging wieder ein paar Schritte in den Raum hinein. Nach kurzer Überlegung entschied sie sich für den Sessel und nahm darin Platz.

»Die Wahrheit ist, ich weiß nicht, wo sich mein Mann gerade befindet … Ich weiß auch nicht, ob er überhaupt gerade in einem Bett liegt und jemanden hat, der sich um ihn kümmert.« Tränen liefen ihre Wange hinunter und tropften auf ihren Handrücken.

»Aber, Samantha …« Mildred eilte zu ihr hin.

»Das ist ja furchtbar. Ich hatte doch keine Ahnung …«

»Ich weiß eigentlich nur, dass er noch lebt, mehr nicht.«

Die Kinderfrau stand nun neben ihr und hatte ihr den Arm um die Schultern gelegt.

»Ich hätte Sie nicht danach fragen sollen – es tut mir leid … aufrichtig leid … bitte, glauben Sie mir«, stammelte sie.

»Aber Mildred«, sagte Samantha und sah ihre verzweifelte Angestellte an, »das war doch eine ganz normale Frage, die jeder Mensch mit einem Funken Empathie im Leib stellen würde, wenn er von einem Unfall hört. Sie haben sich wirklich nichts vorzuwerfen.«

»Ach, Samantha, Sie sind so eine freundliche Person.«

»Das sieht im Augenblick leider nicht jeder so, glauben Sie mir. Am allerwenigsten mein Mann.«

»Und trotzdem steht es mir nicht zu, Sie danach zu fragen. Es ist Ihre private Angelegenheit und …«

Samantha fiel ihr ins Wort: »Ach was, Mildred! Vielleicht ist es wirklich einfach an der Zeit, dass ich endlich mit jemandem darüber rede.« Der Sinn stand ihr im Augenblick nicht nach Förmlichkeiten. Sie hatte völlig andere Sorgen.

»Aber ich bin doch nur eine Angestellte und nicht Ihre Freundin, so wie Roberta.«

»Mildred, Sie sind für mich in erster Linie eine erfahrene Frau, die das Leben bereits von jeder Seite kennengelernt hat. Und Sie sind eine absolut vertrauenswürdige Person, der ich jeden Tag das Kostbarste anvertraue, das ich besitze. Warum also sollte ich mich Ihnen nicht auch selbst anvertrauen – also natürlich nur, wenn ich Sie nicht allzu sehr damit belaste.«

»Nein, nein, natürlich nicht, Samantha! Wenn ich Ihnen behilflich sein kann, dann ist es mir eine große Ehre, dass ich Ihr Vertrauen genieße.«

»Danke, Mildred! Ja, das tun Sie.«

»Hier gibt es leider nur diese eine Sitzgelegenheit.« Samantha deutete auf den Sessel, in dem sie selbst saß. »Außerdem habe ich immer das Gefühl, dass Colin jede meiner Stimmungen mitbekommt. Vielleicht sollten wir lieber nach nebenan ins Ankleidezimmer gehen. Dort könnten wir beide auf der Ottomane sitzen und wir lassen einfach die Türe auf, dann hört er uns und wir sind in seiner Nähe. Was meinen Sie, Mildred?«

13

Michael merkte erst jetzt, wie hungrig er war. Äpfel mit Shortbread hatte er schon als Kind gemocht, aber in dieser Kombination schon lange nicht mehr gegessen. Er erinnerte sich daran, dass seine Großmutter ihm immer beides in den Rucksack gesteckt hatte, wenn er mit seinen Freunden im Sommer mit dem Fahrrad an einen Badesee gefahren war.

Im Nu war die Platte beinahe leer, und als Anthony mit dem frischen, dampfenden Tee hereinkam, war auch der letzte Butterkeks verschwunden.

»Entschuldige bitte!«, sagte Michael und deutete mit einem Achselzucken auf den Teller. »Jetzt habe ich doch tatsächlich alles alleine aufgegessen.«

»So muss das auch sein, wenn man krank ist«, sagte Anthony und lachte.

»Nachher mache ich uns etwas Richtiges zu essen. Aber erst musst du mir deine Geschichte erzählen.«

Er setzte sich wieder, hielt seine Teetasse in Händen.

»Also Michael, was ist passiert zwischen deiner Frau und dir?«

»Was passiert ist? Gute Frage …« Michael pustete die Luft aus seinen Lungen, wie um Zeit zum Nachdenken zu gewinnen.

»Man könnte sagen, ich bin passiert. Weißt du, Anthony, bevor ich Samantha kennengelernt habe, wollte ich von einer Bindung nichts wissen. Meine letzte langjährige Beziehung mit einer Frau namens Patricia war bereits ein Jahr zuvor in die Brüche gegangen, weil ich für meine Karriere einfach viel Zeit aufgewendet habe. Und danach wollte ich mich eigentlich nur noch darauf konzentrieren.«

Er räusperte sich, griff nach seinem Becher, und Anthony war ihm erneut dabei behilflich.

»Dann ist Samantha in mein Leben gekommen und plötzlich ist alles anders gewesen. Meine Prioritäten haben sich verschoben. Ich wollte nur noch bei ihr sein, habe mich selbst nicht wiedererkannt.«

Anthony lächelte und trank einen Schluck.

»Dann ist sie, kurz nachdem wir zusammengekommen waren, plötzlich schwanger geworden. Das haben wir beide nicht erwartet, weil sie ja gedacht hat, sie könnte keine Kinder kriegen, verstehst du? Aus diesem Grund hatte sie sich doch auch von Charles getrennt. Kurze Zeit später hat Charles sich dann umgebracht und ihr Cardington Manor vermacht. Dann ging alles so blitzschnell wie in einem Zeitraffer. Wir sind dann an die Küste gezogen. Samantha hat das komplette Waisenhaus von Lamberhurst dorthin übergesiedelt. Und plötzlich bin ich, der überzeugte Single und Karrieremensch, auf einmal Ehemann, Familienvater mit zwei Söhnen gewesen und hatte einen riesigen Landsitz zu verwalten.«

»Das sind aber wirklich eine Menge Veränderungen in so kurzer Zeit!« Anthony staunte und nickte.

»Allerdings – und das alles in einem knappen Jahr! Plötzlich ist es mit meinen Karriereplänen und der Freiheit vorbei gewesen. Mir war natürlich klar, dass ich Samantha in unserer neuen Lebenssituation beistehen musste – schließlich bin ich ja ihr Ehemann. Wir haben uns dann darauf geeinigt, dass ich mich die meiste Zeit über auf Cardington Manor aufhalte, bei ihr und den Kindern. Nur ein paar handverlesene Aufträge außerhalb habe ich noch annehmen wollen.«

Er machte eine Pause, in der er seinen neuen Freund kurz ansah.

»Mit der Zeit haben wir uns richtig gut eingelebt, und

als ich das Gefühl hatte, dass wir alles im Griff haben, wurden aus den wenigen Aufträgen schleichend immer mehr. Ich habe es geradezu geliebt, in meine alte Freiheit auszubrechen, um nach getaner Arbeit wieder nach Hause zurückzukehren – in mein wunderschönes Nest und zu meiner wunderschönen Familie. Ich hatte plötzlich das Gefühl, dass ich alles haben konnte – alles, verstehst du?«

Anthony nickte erneut und lächelte dabei.

»Mit der Zeit ist es fast wie ein Rausch geworden, den ich mühsam zu unterdrücken versucht habe. Aber es sind immer mehr neue, äußerst reizvolle Aufträge reingekommen, und ich habe mir meistens gedacht, *nur diesen einen Auftrag noch, dann machst du erst einmal eine Weile Pause.* Samantha hat mich natürlich des Öfteren darauf angesprochen, weil wir es zu Beginn unserer Ehe ja anders vereinbart hatten.«

Michael räusperte sich und nahm mit Anthonys Hilfe einen weiteren Schluck Tee, ehe er fortfuhr.

»Tja … langer Rede kurzer Sinn: Aus den Gesprächen darüber sind dann immer öfter immer längere Diskussionen entstanden, die immer schneller irgendwann in einem Streit geendet haben. Und in der letzten Zeit hat es sogar jedes Mal sofort Streit gegeben, wenn das Thema auf den Tisch gekommen ist.«

Er seufzte tief und verinnerlichte sich seine vertrackte Situation, für die er noch immer keinen Ausweg gefunden hatte.

»Weißt du, Anthony, ich habe mich in dieser Zeit einfach gefragt, ob das schon alles an Berufsleben und Karriere gewesen sein kann in meinem Leben. Ich bin noch keine vierzig Jahre alt und es hat sich alles für mich bereits so angefühlt, als würde ich mich zur Ruhe setzen, wenn ich die meiste Zeit auf Cardington Manor verbringe. Für mich ist das nur eine Art Beschäftigung, aber keine Arbeit, die mich ausfüllt und begeistert. Kannst du das verstehen?«

»Hm.« Anthony hatte beim Zuhören auf den Boden gestarrt.

Nun sah er Michael nachdenklich an und rieb sich das Kinn, als er antwortete: »Also … wenn du nicht erwähnt hättest, dass du noch keine vierzig bist, hätte ich jetzt gedacht, es fühlt sich an wie eine handfeste Midlife-Crisis. Aber dafür wärst du eindeutig noch zu jung. Aber vielleicht kommt so etwas ja auch früher, wenn man wie du in der Öffentlichkeit steht und bereits auf dem Höhepunkt seiner Karriere angekommen ist. Ich weiß es, ehrlich gesagt, nicht, kann es einfach nicht beurteilen.«

»Meinst du wirklich, ich bin bereits auf dem Höhepunkt meiner Karriere angekommen?«

»Das kannst nur du dir selbst beantworten. Es kommt darauf an, was du noch alles erreichen möchtest in deinem Beruf.«

Anthony lachte kurz auf.

»Und was du noch erreichen kannst – was du nicht eh schon erreicht hast! Jeder Mensch in diesem Königreich kennt deinen Namen … und auch darüber hinaus bist du bekannt.«

»Ja, das stimmt natürlich, da bleibt nicht mehr viel Luft nach oben.«

»Und wie steht es im Moment zwischen deiner Frau und dir? Seid ihr offiziell getrennt?«

»Ehrlich gesagt, ich weiß es nicht. Sie hat mir gesagt, wenn ich sie wochenlang mit allem alleinlasse und ihr auch noch empfehle, Personal für die verschiedenen Arbeitsbereiche einzustellen, käme es für sie einer Trennung gleich.«

»Das hast du getan?« Anthony ließ einen staunenden Pfiff durch die Zähne vernehmen. »Wirklich? Dann wundere ich mich jetzt nicht mehr darüber.« Und er ergänzte mit einem freundlichen Lächeln: »So gut ich dich andererseits auch verstehen kann …«

»Bitte! Du nicht auch noch!« Michael schnaubte ein bitteres Lachen und schüttelte den Kopf.

»Mein lieber Michael, ich glaube, die meisten Frauen würden die Sache ähnlich gesehen haben wie deine Samantha.«

»Versteh bloß einer die Frauen! Da ist es wieder, das uralte Thema der Geschlechter!«

»Es ist in der Tat manchmal schwierig, sie zu verstehen, aber … wie erkläre ich es dir am besten, dass du es nachvollziehen kannst?« Anthony dachte kurz nach. »Ja, so könnte es klappen! Du bist doch auch ein Geschäftsmann, so wie ich, nicht wahr?«

Michael nickte und hörte ihm weiter zu.

»Jetzt stell dir doch mal vor, du hast mit einem Geschäftspartner einen Vertrag gemacht und alles läuft prima und zu eurer beider Zufriedenheit. Und jetzt stell dir weiter vor, dein Geschäftspartner ändert stillschweigend und einseitig seinen Part eures Vertrages. Du bemerkst es erst nicht, und als du es schließlich doch bemerkst, versuchst du zunächst, es zu verstehen. Denn schließlich magst du deinen Geschäftspartner auch und außerdem vertraust du ihm. Es sind ja auch keine schwerwiegenden Veränderungen und du gehst davon aus, dass das sicher nur eine vorübergehende Phase ist. Und irgendwann fällt dir dann auf, dass euer Geschäft, wie es im Moment läuft, nichts mehr mit dem ursprünglichen Vertrag zu tun hat. Wie würdest du dir dann vorkommen? Was würdest du tun?«

Michael pustete seine Lungen geräuschvoll leer, während er darüber nachdachte. So unrecht hatte sein neuer Freund ja nicht, das musste er zugeben.

»Tja … ich würde mir vermutlich irgendwann betrogen vorkommen und würde die Sache natürlich ansprechen und auf Einhaltung des ursprünglichen Vertrages drängen. Genau, wie Samantha es auch getan hat.«

»Dann ist das doch jetzt schon einmal ein guter Schritt vorwärts, dass du sie verstehst, oder nicht?«

»Ja, natürlich, ich verstehe sie, aber trotzdem möchte ich mich nicht eingesperrt fühlen wie ein Adler, dem man die Flügel gestutzt hat.«

»Du musst natürlich selbst wissen, was dir im Augenblick wichtiger ist.«

»Ja, das ist die Frage …«

Nach einer Weile sagte Anthony: »Michael, mein junger Freund, ich möchte wirklich nicht herablassend klingen, aber ich rate dir dringend: Mach nicht den gleichen Fehler, den ich damals gemacht habe! All die geschäftlichen Erfolge …«, er rang um ein Wort, »… sie sind doch nur ein scheinbares, ein kurzes Glück. Natürlich, du verdienst damit eine Menge Geld und es schmeichelt deinem Ego sicher ungemein, wenn in der Zeitung über dich geschrieben wird. Aber all diese Dinge …«

Er schüttelte den Kopf.

»… sie wärmen dich nicht an einem kalten Wintertag, wenn der Wind streng durch den Kamin hereinpfeift. Und dann sitzt du irgendwann allein in einem eiskalten Haus und hast niemanden, der mit dir dein Leben und deine Gedanken teilt. Da ist dann niemand, der Zeuge deines Lebens ist und irgendwann kommt es dir so vor, als wäre alles nur Schall und Rauch gewesen – wie eine Theateraufführung aus vergangener Zeit, von der es nicht einmal mehr die Eintrittskarten gibt … keinen Beweis mehr, dass sie überhaupt stattgefunden hat. Das Leben … es hat auf einmal jeden Sinn verloren.«

Michael sah ihn mit staunenden Augen an, und Anthony lächelte zurück, mit Schmerz in seinem Blick.

»Du glaubst nicht, was ich heute darum gäbe, wenn meine Violet noch hier bei mir wäre. Aber jetzt ist es zu spät und ich kann dich nur noch einmal beschwören, Michael: Mach nicht den gleichen Fehler wie ich! Kämpf um deine Frau und hol sie dir zurück! Oder möchtest du sie wirklich diesem Bengel überlassen? Bei aller Liebe zu meinem Sohn, aber er ist doch in manchen Dingen noch ein richtiger Grünschnabel, der nicht weiß, was es heißt, Verantwortung für Frau und Kind zu übernehmen.«

Michael schnaubte trotzig und Anthony ergänzte: »Bitte, denk wenigstens darüber nach, ob etwas an dem dran sein könnte, was ich dir gesagt habe.«

»Das Dumme an der Sache ist ja, dass ich ganz genau weiß, dass du recht hast – mit allem.«

Er stöhnte und verbarg sein Gesicht in den Händen.

»Wenn ich mit mir ehrlich bin, ist es ja bereits jetzt so, dass ich meine Erfolge gar nicht mehr genießen kann … ohne Samantha. Ohne ihr Strahlen, ohne ihr Lachen, ohne die Gespräche mit ihr … ohne ihre Liebe, aber …«

»Aber?«

»Aber jetzt ist es zu spät!«

Seine Stimme war lauter geworden und er sah Anthony nun direkt an.

»Sie geht mit deinem Sohn ins Bett und wahrscheinlich ist sie auch bereits über beide Ohren in ihn verliebt – genau wie die Hälfte aller Frauen in England auch!«

»Und die andere Hälfte schwärmt für einen gewissen Michael Tomlinson«, sagte Anthony und musste laut lachen.

Doch Michael war gerade nicht zum Spaßen aufgelegt. Er sprach nun noch eindringlicher weiter: »Ich habe es vermasselt, verstehst du? Und ich bin verdammt noch mal zu stolz, zu sagen: *Bitte, bitte, mein Schatz, lass mich doch wieder zu dir nach Hause kommen und wirf den schönen Knaben aus deinem Bett!*«

»Also wenn dein Stolz noch so stark ist, ist dein Leidensdruck noch nicht stark genug.«

Anthony lachte ohne Spott – wie jemand, der selbst

schon viele Höhen und Tiefen in seinem Leben erfahren hatte. »Das gibt sich, glaub mir. Aber ich hoffe für dich, es ist dann noch nicht zu spät.«

»Was genau meinst du damit?«

»Nun, als ich mir meine Violet zurückholen wollte, war sie bereits in diesen anderen Mann verliebt.«

»Genau deshalb glaube ich ja, dass es für uns bereits zu spät ist. Ich schätze Samantha nicht so ein, dass sie einfach so mit einem Mann schläft. Ich fürchte, sie ist längst in ihn verliebt.«

»Das fürchtest du, aber du weißt es nicht mit Gewissheit. Ja, möglicherweise hast du recht und sie ist ein bisschen verknallt in ihn. Aber warum sollte Timothy mir vor der Trennung von Hazel gesagt haben, dass er eine andere Frau liebt, die er jedoch niemals haben kann?«

Anthony beantwortete sich seine Frage selbst: »Weil sie verheiratet ist, und außerdem eine Frau, die sich nicht leichtfertig wegen eines hübschen Jungen von ihrem Ehemann trennt.«

»Leichtfertig vielleicht nicht, aber wenn sie einen triftigen Grund hat, dann schon.«

Michael sah Anthony mit einem Ausdruck von abgrundtiefster Mutlosigkeit in die Augen, als er ergänzte: »Das weiß nun wiederum ich aus eigener Erfahrung.«

14

Mildred Boyle sah betroffen aus, als Samantha ihr das ganze Ausmaß der Situation dargelegt hatte. Sie dachte noch einen Moment lang über alles nach, dann nickte sie.

»Sie können sich darauf verlassen, dass ich alles, was Sie mir anvertraut haben, für mich behalten werde, Samantha. Besonders auch diese spezielle Angelegenheit mit Mr Browning. Die jungen Dinger hier im Haus sind ja völlig aus dem Häuschen seinetwegen.« Sie schüttelte den Kopf und lächelte dabei verständnisvoll.

»Das habe ich mir schon gedacht. Schon allein deshalb ist es besser, dass Mr Browning jetzt wieder im Gestüt wohnt.«

Samantha überlegte kurz.

»Hat denn bereits jemand vom Personal mitbekommen, dass er und ich … Ich meine, wird bereits darüber getratscht?«

»Nicht, dass ich wüsste, aber sollte ich etwas hören, weiß ich ja jetzt, wie ich darauf zu reagieren habe. Sie können sich wirklich auf mich verlassen.«

Samantha schüttelte ihrer Vertrauten die Hand.

»Das weiß ich sehr zu schätzen. Danke, Mildred, auch fürs Zuhören! Das hat mir wirklich gutgetan, mir einfach einmal alles von der Seele reden zu können.«

»Das freut mich aufrichtig, Samantha.«

»Und es ist außerdem ein wirklich gutes Gefühl, eine vertraute Person im Haus zu wissen.«

Mildred lächelte geschmeichelt.

Dann rief sie plötzlich: »Oh, Colin hat nun gerade lange genug durchgehalten.«

Ein leises Gejammer tönte aus dem benachbarten Kinderzimmer herüber und die beiden Frauen standen auf.

»Gehen Sie nur lieber sofort zu ihm hin. Ich zeige mich jetzt besser gar nicht mehr, damit er nicht anfängt zu weinen, weil ich gleich wieder wegfahre. Ich wollte mir jetzt nämlich mal die Unfallstelle ansehen, wenn ich schon nicht herausbekommen kann, wo mein Mann sich gerade aufhält.«

Sie verabschiedeten sich und die Kinderfrau ging zu Colin ins Kinderzimmer.

Samantha hörte noch, wie diese mit fröhlicher Stimme mit dem Kleinen sprach, als sie ihre Handtasche und den Autoschlüssel nahm und das *Nest* verließ.

Etwa eine halbe Stunde später stand sie im hohen Gras an einem Waldrand und starrte auf den blauen Geländewagen, der Michaels Kennzeichen trug. Das war noch immer dasselbe Fahrzeug, mit dem er sie, zwei Jahre zuvor, in ihrem kleinen Haus auf dem Hügel bei Sandhurst besucht hatte. Damals, als sie sich kennengelernt hatten.

Der Wagen sah übel zugerichtet aus. Sie kam zu dem Schluss, dass es nur dem Überrollbügel oder einem Wunder zu verdanken sein musste, dass Michael überhaupt noch lebte.

Von der bloßen Vorstellung, dass ihr Ehemann und Vater ihrer Söhne in diesem Wrack gesessen hatte, wurde Samantha schlecht. Er musste schwer verletzt sein – sie war sich sicher – viel schwerer, als er es vor ihr zugegeben hatte.

Sie stützte sich an einem Baum ab und übergab sich ins Gebüsch.

Weil es ihr danach schwarz vor Augen wurde, setzte sie sich auf einen umgestürzten Baumstamm, der ein paar Meter entfernt im Schatten des Wäldchens lag. In der Tasche ihres Kleides fand sie zu ihrem Glück wenigstens ein

Taschentuch und wischte sich damit den Mund ab. Alles um sie herum drehte sich. In diesem Zustand konnte sie auf keinen Fall weiterfahren. Doch was sollte sie nur tun? In der Eile hatte sie dummerweise nicht einmal eine Flasche Wasser eingesteckt.

Und das bei dieser Hitze!

In ihrer Not kam ihr ein kleines Ritual in den Sinn, dass sie damals während der Schwangerschaft mit Colin gelernt hatte. Sie richtete ihren Oberkörper auf, machte die Augen zu und legte die Hände auf ihren Bauch. Dann atmete sie bewusst ein und ließ die Luft tief nach unten strömen, um sich zu beruhigen und innerlich zu stabilisieren. Dabei nahm sie nun auch die Geräusche ihrer Umgebung wahr, auf die sie davor natürlich gar nicht geachtet hatte. Schier unzählige Insekten gaben ein Konzert, und erst jetzt mit geschlossenen Augen bemerkte sie die verhältnismäßige Lautstärke dieses sonoren Klangteppichs. Hinter sich im Unterholz hörte sie ein leises Knacken und geschäftiges Zwitschern. Über ihrem Kopf zogen ein paar Krähen ihre Runden über den blauen Sommerhimmel.

Diese kleine Meditation tat ihr auch dieses Mal gut. Nach einer Weile öffnete sie die Augen und stellte beruhigt fest, dass sich die Welt um sie herum nun nicht mehr so sehr drehte.

Wie automatisch zog sie ihr Handy aus der Tasche und wählte Michaels Nummer. Es war ihr egal, ob er sie ein weiteres Mal würde eiskalt abblitzen lassen oder nicht. Sie wollte einfach nur wissen, wie es ihm geht, und sie würde nicht eher lockerlassen, bis sie es genau wusste.

Dieser Anschluss ist vorübergehend nicht erreichbar. Bitte versuchen Sie es zu einem späteren Zeitpunkt noch einmal.

Er hatte sein Telefon noch immer nicht aufgeladen und konnte es wahrscheinlich auch nicht. *Natürlich!*

Wo auch immer er sich gerade aufhalten mochte, er

hatte sein Ladekabel nicht bei sich und hatte sich wohl auch noch kein neues organisiert.

Sie erhob sich vorsichtig von ihrer rauen Sitzgelegenheit und warf noch immer entsetzt einen letzten Blick auf den blauen Blechhaufen. Dann ging sie auf wackeligen Beinen zurück zu ihrem Auto und startete den Motor. Sie stellte die Klimaanlage auf die kühlste Stufe und ließ sich die kalte Luft auf den erhitzten Körper wehen.

Was für eine Wohltat!

Nach einer weiteren Minute manövrierte sie den Wagen aus dem Straßengraben heraus, wendete und nahm die Richtung zurück nach Hause.

Auf der Zufahrtsstraße nach Cardington Manor erschrak sie, weil plötzlich das Klingeln ihres Telefons laut über die Freisprechanlage ertönte.

Vielleicht hatte Michael ja trotzdem irgendwie sehen können, dass sie versucht hatte, ihn zu erreichen und rief sie nun zurück, schoss es ihr blitzschnell durch den Kopf. Sie drückte hastig auf die Annahmetaste am Lenkrad und meldete sich.

»Hallo? Michael, bist du das? Hallo?«

»Äh … nein, hier ist nicht Michael«, sagte eine amüsiert klingende Männerstimme.

»Hier spricht der Mann deiner schlaflosen Nächte, die Erfüllung all deiner erotischen Träume. Der Kerl, der dich über alles liebt und sich nach dir verzehrt und …«

Sie unterbrach ihn mit matter Stimme.

»O hallo, Timothy … verzeih, aber mit dir habe ich im Moment überhaupt nicht gerechnet.«

»Das habe ich gemerkt.« Er lachte kurz auf.

»Du solltest aber dringend mit mir rechnen. Ich habe mich nämlich gerade daran erinnert, was wir beiden Hübschen gestern genau um diese Uhrzeit hier im Pferdestall miteinander getrieben haben. Und ich möchte das am liebsten jetzt sofort wiederholen – am besten in jeder Mittagspause.«

Er seufzte genießerisch. »Kannst du schnell bei mir vorbeikommen, Baby? Bitte … ich sehne mich so sehr nach dir, du machst dir keine Vorstellung.«

Und er ergänzte noch in zärtlichem Tonfall: »Ich bin ganz allein hier in diesem riesigen Stall und träume von dir.«

»Timothy, es tut mir leid, aber ich habe gerade ein völlig anders geartetes Problem.«

»Aber dein Problem ist sicher nicht so groß wie meines.« Er lachte erneut auf. »Ich fürchte, meine Jeans platzt gleich und das könnte peinlich werden.«

»Timothy, Michael hatte einen schweren Autounfall, und ich weiß weder, wie es ihm geht, noch, wo er gerade ist, verstehst du?«

»Oh, ich verstehe«, antwortete er nach kurzer Überlegung. »Woher weißt du das denn?«

»Die Polizei hat mich vorhin angerufen, weil sie seinen Wagen gefunden haben – der ist vollkommen schrottreif. Ich fahre gerade von der Unfallstelle nach Hause.«

»Ich verstehe«, sagte er erneut. »Hast du schon einmal versucht, ihn zu erreichen?«

»Ja, ich habe sogar kurz mit ihm gesprochen, aber dann war die Verbindung plötzlich tot. Wahrscheinlich lag es an seinem Akku.«

»Das bedeutet also, er lebt – das ist doch die Hauptsache, oder nicht?«

»Natürlich ist das das Wichtigste. Ich habe aber das Gefühl, dass er mir etwas verschwiegen hat. Ich fürchte, dass es ihm sehr viel schlechter geht, als er es mir gegenüber zugeben würde – eigentlich hat er gar nichts zugegeben.« Sie schnaubte verbittert.

»Er hat sogar gesagt, es geht mich nichts mehr an, ob er verletzt sei oder nicht.«

»Tja … damit hat er ja nicht ganz unrecht.«

Da sie nichts darauf erwiderte, fuhr er fort: »Baby, du kannst davon ausgehen, dass er sich bei dir melden wird, wenn er dich sprechen möchte. Und falls etwas Schlimmeres mit ihm passiert sein sollte, wird dich schon irgendjemand benachrichtigen. Du kannst in dieser Situation nichts anderes tun, als abzuwarten, was passiert. Dann könntest du doch genauso gut jetzt zu mir kommen und wir würden uns gemeinsam höchst angenehm die Zeit vertreiben und …«

»Ich kann gerade kaum glauben, was du sagst!«, rief sie und schnaubte vor Empörung.

»Bist du wirklich so unsensibel oder tust du nur so, um mich zu ärgern? Das Letzte – nein, das Allerletzte –, was ich jetzt brauche, ist Sex! Hast du es jetzt verstanden?«

Noch bevor er antworten konnte, hatte sie bereits auf die Beendigungstaste am Lenkrad gedrückt.

Sie schüttelte den Kopf.

Wie konnte er diese Situation nur so grundverschieden empfinden?

Männer! Denken und fühlen offenbar immer nur mit ihrem besten Stück!

Als er kurz darauf noch einmal versuchte, sie zu erreichen, drückte sie seinen Anruf einfach weg.

Zum ersten Mal, seit sie sich auf die Liebe zu Timothy eingelassen hatte, zweifelte sie an ihm und ihren Gefühlen ihm gegenüber.

15

Der Kies der Auffahrt knirschte unter den Reifen und das Haupthaus kam in Sicht. Sie fuhr daran vorbei, die Straße noch ein Stückchen weiter entlang und parkte den alten *Bentley* etwas abseits bei den Garagen und zog den Schlüssel ab. In diesem Moment sehnte sie Henderson herbei, die gütige alte Seele des Anwesens, zu dessen Pflichten auch die Betreuung des Fuhrparks zählte.

Als sie gerade die Wagentür öffnen und aussteigen wollte, läutete es schon wieder.

Samantha zog das Telefon aus der Handtasche und las, was auf dem Display stand: *unbekannte Rufnummer*.

Sie ging davon aus, dass es schon wieder Timothy war, der sich erhoffte, sie würde seinen Anruf annehmen, wenn er die Nummer unkenntlich machte.

Sie verdrehte die Augen, drückte auf die grüne Taste und hielt sich den Apparat ans Ohr, um dem nervtötenden Spuk ein Ende zu bereiten.

»Timothy, ich möchte mich jetzt nicht weiter mit dir darüber unterhalten! Bitte akzeptiere das! Vielleicht sollten wir dieses Thema auch einfach ausklammern, weil du es nicht verstehen kannst. Schließlich warst du noch nie verheiratet und hast auch keine Kinder.«

Weil sie daraufhin nichts hörte, rief sie barsch: »Hallo? Bist du noch dran?«

»Buongiorno Mamma!«, rief eine Kinderstimme, begleitet von einem Kichern.

»Frank? Frank, mein Schatz, bist du das?«

Tränen traten in ihre Augen.

»Endlich höre ich von euch! Mein Gott …«

Ihre Stimme versagte.

»Mummy, weinst du? Ich wollte dich doch nur überraschen, weil ich schon ein paar Wörter auf Italienisch sprechen kann und ich ...«, sprudelte es vergnügt aus dem Hörer.

»Nein, mein liebster Frank, deine Mummy weint nicht, ich freue mich nur so sehr«, log sie und putzte sich unauffällig die Nase.

»Wie geht es dir denn? Und Roberta? Und Henderson? Ist alles in Ordnung bei euch? Seid ihr gesund?«

»Ja, uns geht es gut. Wir sind gerade in Rom. Hier ist es aber schrecklich heiß. Wir besichtigen jetzt gleich das Kolosseum, bevor es noch heißer wird. Das ist ganz, ganz alt, weißt du?«

»Das Kolosseum seht ihr euch an! Das ist ja wundervoll, mein Schatz! Wie gefällt es dir denn, so lange auf Reisen zu sein und fort von deinem Zuhause?«

»Es ist sehr aufregend und toll, aber manchmal am Abend vermisse ich dich und Dad ... und Colin. Und immer, wenn ich einen Hund sehe, muss ich an Robin denken und dann fehlt er mir.«

»Das kann ich mir vorstellen. Aber die Zeit vergeht ja so schrecklich schnell. Bald ist eure große Reise schon vorbei und du bist wieder zu Hause bei uns. Und dann hast du uns sicher eine Menge zu erzählen.«

Bei dem Gedanken daran und an die Ungewissheit ihre Zukunft betreffend, fühlte sie eine riesige Faust in ihrer Magengegend.

Im Bruchteil einer Sekunde schossen ihr ein paar Fragen durch den Kopf:

Wie wird es nur sein, wenn er erst wieder zu Hause ist? Wie soll ich ihm dieses ganze Fiasko nur erklären, damit er es versteht und es sich nicht allzu sehr zu Herzen nimmt? Doch ist das überhaupt möglich?

Darüber hatte sie schon öfter nachgedacht, aber nie war die Ausnahmesituation greifbarer als in diesem Moment. Plötzlich war das alles gefürchtete Realität geworden.

Franks Stimme schnitt sich in ihre Überlegungen.

»Mum, ist Dad auch da? Ich wollte ihm jetzt schon etwas ganz Tolles erzählen – von den Gladiatoren und den Löwen und den ...«

Ausgerechnet! Sie hatte schon befürchtet, dass er nach seinem Vater fragen würde.

»Nein, mein Schatz. Dein Dad ist unterwegs. Er hat im Moment sehr viel zu tun, weißt du?«, log sie erneut und offenbar halbwegs überzeugend, denn Frank nahm ihr die Ausrede ab.

»Ach so ...«, er seufzte. »Du, Mum, Roberta möchte dich auch noch sprechen. Ich hab dich lieb, und sag bitte Dad und Colin und Robin, dass ich sie auch lieb habe, ja? Und dass ich bald wieder zu Hause bin!«

»Ja, das richte ich aus, mein Schatz. Ich hab dich auch lieb und denke sehr oft an dich. Hab noch eine wunderschöne Reise und pass auf dich auf, ja?«

»Mach ich, Mum. Bis bald!«

»Bis bald, mein Frank!«

Sie schickte ihm noch ein paar Luftküsse nach Rom, während Tränen über ihre Wangen liefen.

Nach einem raschelnden Geräusch hörte sie plötzlich Robertas vertraute Stimme.

»Hallo, meine Liebe! Bitte verzeih, dass wir uns erst jetzt nach über einer Woche melden, aber bei uns ist immer etwas los. Dauernd gibt es etwas zu besichtigen, dann müssen wir wieder rechtzeitig in den Bus und am Abend sind wir dann alle todmüde.«

»Hallo, Roberta. Hauptsache, es geht euch gut«, sagte Samantha mit erstickter Stimme und bemühte sich redlich darum, sich ihre Verzweiflung nicht anmerken zu lassen.

Doch Roberta wäre nicht Roberta, wenn sie nicht trotzdem bemerkt hätte, dass etwas mit ihrer jungen

Freundin nicht in Ordnung war, die ihr wie eine Tochter war.

»Richard, geh doch schon mal mit Frank die Eintrittskarten besorgen, ja? Ich komme in ein paar Minuten zu euch«, hörte Samantha sie sagen.

Und kurze Zeit darauf: »Raus mit der Sprache! Wie geht es dir? Was ist los bei euch zu Hause?«

Das gab Samanthas Kraft den Rest. Sie konnte sich jetzt nicht mehr zurückhalten. Und das musste sie auch nicht. Sie wusste tief in ihrem Herzen, was auch immer es war, Roberta – die gute Roberta – würde sie verstehen. Auch wenn sie in der Vergangenheit öfter für Michael die Partei ergriffen hatte.

»Michael und ich … Es gab einen furchtbaren Streit«, stammelte sie unter Tränen.

»Er ist fort und … er hat eine andere Frau«, schluchzte sie nun hemmungslos in den Hörer.

»Ich bin mir jetzt nicht sicher, ob ich dich richtig verstanden habe, Liebes. Michael ist fort und hat eine andere Frau? Hast du das wirklich gerade gesagt?«

»Ja … genau das.«

»Um Gottes willen, Samantha … Und ich hatte gehofft, ich hätte dich falsch verstanden.«

Samantha hörte nun deutlich, wie ihre herzkranke Freundin hörbar atmete, als würde sie um Luft ringen. Sie beschloss deshalb in dieser Sekunde, Roberta keine weiteren Details dieser Misere – etwa über ihre Liaison mit Timothy – zu erzählen. Und schon gar nichts über Michaels Unfall und dass sie so gut wie nichts darüber wusste.

»Bitte, reg du dich nicht auch noch darüber auf, Roberta. Denk an dein Herz! Es wird sich schon alles irgendwie regeln.« Sie putzte sich die Nase.

»Sollen wir die Reise vielleicht abbrechen und früher nach Hause kommen?«

»Um Himmels willen – nein, das kommt überhaupt

nicht infrage!«

»Ich meine, es würde mir nicht so viel ausmachen.«

»Was soll denn das heißen? Gefällt es dir denn nicht, durch Italien zu reisen?«

»Ach … was heißt schon, es gefällt mir nicht … ich bin es wohl einfach nicht gewöhnt und werde mich wahrscheinlich auch nicht mehr daran gewöhnen in diesem Leben. Vielleicht bin ich ja einfach inzwischen zu alt dazu. Es ist doch anstrengender, als ich gedacht habe. Ehrlich gesagt, ich finde es zu Hause doch immer noch am schönsten.«

Samantha musste ein bisschen über die unverbesserliche Roberta lachen, und schüttelte den verweinten Kopf.

»Versuch doch bitte wenigstens mir zuliebe, euren Urlaub ein bisschen zu genießen. Du hast dein ganzes Leben lang hart gearbeitet. Bis ihr in gut zwei Wochen zurückkommt, hat sich hier vielleicht schon manches wieder geklärt, wer weiß?«

»Aber ich würde dir auch schon jetzt gerne beistehen in dieser schwierigen Situation, das weißt du hoffentlich.«

»Ja, das weiß ich und ich danke dir dafür von Herzen!«

Und dabei habe ich dir noch nicht einmal alles erzählt, dachte sie.

»Samantha, Liebes, ich muss jetzt leider los. Die beiden haben jetzt schon die Karten fürs Kolosseum bekommen und winken mir hektisch zu. Ich rufe dich bei nächster Gelegenheit wieder an, das verspreche ich dir.«

»Dann habt viel Freude und bis bald, liebste Roberta! Und passt auf euch auf!«

»Danke, das wollte ich dir gerade auch sagen! Bis bald! Und viel Glück bei allem, was du vorhast!«

Samantha ließ den Apparat sinken und weinte noch ein paar weitere Tränen. In diesem Moment fühlte sie ganz besonders, was ihr Roberta, Frank und auch Henderson bedeuteten. Sie waren für sie alles, was wirklich im Leben zählte – ihre Familie.

Einerseits wünschte sie, die restlichen Wochen wären bereits vorüber, sodass sie alle endlich wieder vereint wären. Andererseits brauchte sie diese Zeit dringend, um den Schaden zu begrenzen, den die ewigen Auseinandersetzungen mit Michael zur Folge hatten.

Bis dahin musste sie auch klären, wie Timothy in dieses Gefüge passte. Zum ersten Mal erschien er ihr heute unsensibel und fremd, ganz so, als würden sie verschiedene Sprachen sprechen.

Auf dem Weg zum Haupthaus schickte sie Mildred eine Nachricht aufs Handy, dass sie zwar wieder zu Hause wäre, sich aber nach den Ereignissen des Vormittags nicht wohlfühlte.

Sie wollte jetzt nur noch eine Dusche nehmen und sich ein wenig hinlegen. Danach würde sie in der Küche rasch etwas essen und wiederum danach Colin abholen.

In der kühlenden Atmosphäre der aquamarinblauen Jugendstil-Fliesen atmete sie auf. Sie zog ihr Kleid aus und streifte die Unterwäsche ab. Dann betrat sie die Duschkabine, stellte das Wasser an und ließ es auf sich herunterprasseln. Dabei atmete sie in tiefen Zügen ein und aus, und es kam ihr vor, als würde sie all ihren Kummer auf diese Weise abwaschen und aus ihrem Körper vertreiben. Die Angst um Michael, die Sehnsucht nach Frank, Roberta und Henderson. Ihr plötzliches Entsetzen wegen Timothys Verhalten. Die Ungewissheit, wie ihr Leben nun verlaufen würde – all das verschwand im Abfluss der gläsernen Duschkabine.

16

Timothy betrachtete im Liegen die Maserung der Holzvertäfelung seines bescheidenen Quartiers. Das war ein winziger Raum, der sich unter dem Dach des Stalls, direkt über den Boxen befand. Er war ursprünglich dafür eingerichtet worden, dass jemand vom Personal während eines Notfalls bei den Pferden übernachten konnte – wenn eine der Stuten fohlte oder es irgendwelche medizinischen Komplikationen gab.

In dieser Schlafkammer gab es zwar so etwas wie ein Fenster, doch das hatte lediglich die Ausmaße einer Schießscharte. Auch an normalen Tagen kam hier nur wenig frische Luft herein, doch nach einem so heißen Tag wie diesem war es schier nicht auszuhalten. Hinzu kam noch, dass das dunkle Dach die Wärme sehr gut aufnahm, was im Winter ein großer Vorteil war. In einer Sommernacht wie dieser konnte es jedoch die Hölle sein.

Erst war Timothy noch draußen herumgelaufen, um sich abzukühlen und sich die Zeit zu vertreiben, doch eigentlich war er längst hundemüde. Die Arbeit mit den Pferden war auch für einen durchtrainierten Mann wie ihn körperlich sehr anstrengend, besonders bei dieser Hitze. Außerdem hatten ihn die letzten Tage und Nächte mit Samantha noch mehr in Anspruch genommen, als er es zunächst vor sich selbst hatte zugeben wollen.

Samantha ...

Der Gedanke an sie verursachte einen schmerzhaften Stich in seinem Herzen. Er wusste selbst nicht, wie es geschehen war, doch im Augenblick war sie gefühlt meilenweit von ihm entfernt und es gab für ihn offenbar auch keine Möglichkeit, an sie heranzukommen. Sie reagierte einfach nicht auf seine Anrufe und Nachrichten. Erst vorhin hatte er es zum letzten Mal bei ihr versucht. Er hatte sie fragen wollen, ob sie vielleicht noch einmal persönlich über alles reden könnten, was seit diesem Mittag so plötzlich zwischen ihnen stand. Denn seitdem war auf einmal alles anders, obwohl er sich ihr gegenüber genauso verhalten hatte wie immer. Er zermarterte sich den Kopf über das letzte Gespräch mit ihr. Doch er kam immer wieder zu dem Schluss, dass er sich nichts vorzuwerfen hatte. Woher hätte er denn auch wissen sollen, dass es für sie auf einmal das Wichtigste war, zu erfahren, wie es dem Mann ergangen war, der sie auf Cardington Manor mit allem alleingelassen hatte?

Verstehe einer die Frauen ...

An den Tagen zuvor hatte sie gar nicht genug von ihm kriegen können. Sie hatte sogar von ihm hören wollen, dass er niemals damit aufhören würde, sie zu lieben. Und jetzt auf einmal ignorierte sie ihn völlig. Da war es plötzlich nicht mehr wichtig, ob er sie liebte oder nicht.

Er schüttelte den Kopf und veränderte gefühlt zum hundertsten Mal seine Schlafposition, um endlich die ersehnte Ruhe zu finden.

Dabei kamen ihm die dunkelroten Nächte im Boudoir in den Sinn. Nächte voller Wärme und Begehren, voller Liebe und Lust.

Wie gerne würde er auch diese Nacht zusammen mit Samantha in dem sündig roten Himmelbett verbracht haben. In diesem Moment fühlte er sich ihr so nah, als wäre sie bei ihm. Er glaubte sogar, ihren köstlichen Duft in der Nase zu haben und ihr seidiges Haar auf seinen Wangen zu fühlen, während sie sich über ihm bewegte wie ...

Nein, das war auch nicht die richtige Methode, um endlich einschlafen zu können.

Er stand auf, griff nach seinen Boxershorts. Danach zog er sich Jeans und T-Shirt an und noch die Schuhe. Er musste hier raus. Sofort.

Möglichst leise, um die sensiblen Tiere nicht zu erschrecken, lief er mit schnellen Schritten die hölzerne Treppe hinunter. Dann hatte er plötzlich eine Idee.

Hatte ihm sein Vater nicht angeboten, dass er auf dessen Sofa schlafen konnte, sobald die Pressemeute wieder verschwunden war?

In der Tasche seiner Jeans erfühlte er den Wagenschlüssel.

Er befreite seinen geliebten dunkelgrünen *Morgan*, den er wegen dieses Pressepöbels unter einer riesigen Plane versteckt hatte.

Als er den Motor startete und losfuhr, besserte sich seine Laune schlagartig.

Die Gegend, in der sein alter Herr seit Kurzem wohnte, war in der Nacht stockfinster. Nur eine halbe Mondsichel und der sommerliche Sternenhimmel beleuchteten das idyllische Fleckchen Erde, auf dem das kleine Haus lag. Wegen der Presseleute hatte Timothy seinen Vater dort noch nicht besuchen können und hatte deshalb nur eine ungefähre Ahnung, wo sich dessen Häuschen befinden musste.

Er entdeckte es ein wenig abseits der Landstraße, versteckt hinter Büschen und Bäumen. Erst als er unmittelbar davorstand, sah er Licht, das aus den Fenstern in die Dunkelheit leuchtete.

Das musste es sein – zumindest der Beschreibung seines Vaters nach, die er sich in diesem Augenblick ins Gedächtnis rief: *Es ist natürlich nicht zu vergleichen mit dem Landsitz, den wir früher bewohnt haben, aber es genügt mir. Es ist gemütlich und liegt nur ein paar Minuten mit dem Auto vom Gestüt entfernt.*

Den alten *Mercedes* seines Vaters konnte Timothy nirgends ausmachen, doch der stand vermutlich in der Garage nebenan.

Er stellte den Motor seines *Morgans* ab und stieg aus. Bis zur Pforte am Gartenzaun waren es nur wenige Meter. Mit der Taschenlampenfunktion seines Smartphones suchte er dort vergeblich nach einer Klingel, fand jedoch auf der Innenseite einen verwitterten Drehknauf.

Auch an der Haustür gab es keine Möglichkeit, sich bemerkbar zu machen, also klopfte er an die kleine, rautenförmige Glasscheibe, die in die Tür eingelassen war. Dahinter war alles dunkel.

Er versuchte es noch einmal, doch es öffnete niemand. War sein Vater vielleicht doch nicht zu Hause und hatte nur das Licht angelassen – zum Schutz gegen Einbrecher?

Er klopfte noch ein paarmal, jedes Mal ein wenig energischer, weil ihm seine Situation mit jeder weiteren Sekunde, die verging, immer grotesker erschien.

Die Frau, die er liebte, und mit der er die letzten Nächte auf geradezu überirdische Weise verbracht hatte, ließ ihn einfach abblitzen. Und das auch noch ohne einen für ihn erkennbaren Grund. Wegen des Skandals mit der Frau, die er um ein Haar geheiratet hätte, konnte er sich zurzeit in kein Hotel Englands einquartieren, ohne die Presse auf den Plan zu rufen. Und nun stand er wie ein kleiner Junge vor dem Haus seines Vaters und bettelte um Einlass.

Was tue ich hier eigentlich? Ich muss verrückt geworden sein!

Während er innerlich vor sich hin schimpfte, wurde seine Gestalt von einem Lichtkegel erhellt und das Gesicht seines alten Herrn erschien im Türspalt.

Anthony Browning sah seinen Sohn überrascht an, machte jedoch keinerlei Anstalten ihn hereinzubitten oder den Weg ins Haus freizugeben.

»Hi, Dad! Tut mir leid, wenn ich dich so spät noch störe, aber du hast mir doch angeboten, dass ich bei dir schlafen kann, wenn sich die Lage wegen der Presse ein wenig entspannt hat. In diesem Kabuff unter dem Dach ist es so heiß wie in der Hölle, du machst dir keine Vorstellung …«

Er bewegte sich auf ihn zu und erwartete, dass sein Vater die Haustür nun weiter aufmachte, zur Seite ging und ihn eintreten ließ.

Doch der alte Herr blieb wie angewurzelt stehen und hielt die Tür weiterhin nur einen schmalen Spalt breit geöffnet.

Timothy konnte nicht einschätzen, ob dessen Gesichtsausdruck nur überrascht oder eher peinlich berührt war, wenn nicht sogar ängstlich.

»Ähm … Tim … das ist jetzt gerade ein wenig ungünstig …«, stammelte sein Vater.

»Weißt du, mein Sofa ist bereits besetzt und ein Gästezimmer habe ich hier leider nicht.«

Er zuckte mit den Achseln und sah seinen Sohn mit bekümmerter Miene an.

»Was heißt denn, dein Sofa ist bereits besetzt?«

Timothy lachte, kannte er doch die Gewohnheit seines Vaters, eher zurückgezogen zu leben. Und Besuch hatte er so gut wie nie, seit sich seine Frau von ihm getrennt hatte.

»Ähm … ja … wie soll ich sagen … ich habe einen Gast.«

Mit dieser Antwort hatte er nicht gerechnet.

»Du hast einen Gast?«, fragte er deshalb in einem Tonfall, als wäre ihm gerade von einer Ufo-Landung berichtet worden. »Ja, dann … gehe ich wohl besser lieber.«

Er wandte sich um. »Bye, Dad.«

»Bye, Tim. Tut mir wirklich leid.«

»Ist schon gut – du bist schließlich ein freier Mensch«, fügte er noch mit einem Lachen hinzu, als er den Weg zurückging. Am Gartenzaun angekommen, rief er noch: »Und einen schönen Abend mit deinem Gast!«, aber da war die Haustür schon wieder verschlossen und es fiel auch kein Licht mehr auf den Vorplatz.

Noch immer merkwürdig berührt saß Timothy kurz darauf in seinem Wagen. Er schüttelte erneut den Kopf, als hätte er gerade eine Erscheinung gehabt. Sein Vater hatte Besuch und konnte ihn deswegen nicht hereinbitten. Das war in den vergangenen vierunddreißig Jahren, seit er auf der Welt war, nie vorgekommen. Kein einziges Mal.

Und dann kam ihm ein Gedanke und sein Gesicht erhellte sich zu einem breiten Grinsen.

Er muss eine Frau bei sich im Haus haben – Dad hat eine Freundin!

Aber so ganz wollte sich diese Überzeugung nicht in seinem Kopf einnisten. Sein Vater sprach doch noch immer sehr traurig und voll Sehnsucht von seiner Frau. Timothy konnte sich deshalb schlecht vorstellen, dass er sie bereits ersetzt haben sollte. Und für rein sexuelle Begegnungen war sein alter Herr einfach viel zu romantisch eingestellt.

Er startete den Motor, um ihn gleich danach wieder abzuwürgen.

Die Sache ließ ihm irgendwie keine Ruhe. Er stieg wieder aus und ging erneut auf das Haus zu. Im Dunkeln öffnete er zum zweiten Mal die Gartentür und betrat die Wiese, die rund um das Häuschen verlief.

»Was mache ich hier eigentlich?«, sagte er halblaut vor sich hin und lachte über sich selbst. »Also sehen sollte mich jetzt gerade wirklich niemand.«

Das erste erleuchtete Fenster, das ihm bereits beim Heranfahren den Weg gewiesen hatte, gewährte ihm keinen Einblick. *Fehlanzeige!*

Dann bog er um die Ecke, und auf dieser Seite hatte er mehr Glück. Hier waren nicht nur die Gardinen weniger zugezogen – hier stand sogar das Fenster offen.

Mit leisen Schritten näherte er sich, bis er zwei unterschiedliche Stimmen ausmachen konnte. Zu seinem Erstaunen waren es jedoch zwei Männerstimmen. Die eine gehörte natürlich seinem Vater. Die andere kam ihm irgendwie bekannt vor, er konnte sie jedoch niemand Bestimmtem zuordnen.

Jetzt ist es auch schon egal!

Er ging noch näher an das Fenster heran, doch die Unterhaltung war mit einem Mal verstummt. Wenn er jetzt noch zwei weitere Schritte machen würde, hätte er das Innere des Zimmers im Blick.

Was ist denn schon dabei – es ist doch sowieso keine Frau.

Als er noch mit sich rang, ob er dem Vater dessen Geheimnis nicht doch lieber lassen sollte, wurde eine leichte Brise zu seinem Komplizen und bewegte den Vorhang noch etwas mehr zur Seite.

Und dann wusste er plötzlich, woher er die andere Stimme kannte.

Was zum Teufel ...?

Entsetzt wich er zurück und wäre dabei beinahe über eine verbeulte Zinkwanne gestolpert, die mitten auf der Wiese lag. Im letzten Moment konnte er verhindern, dass er dadurch einen Höllenlärm erzeugt hätte.

Danach rannte er beinahe zu seinem *Morgan*.

Er startete ihn und brauste davon in die Schwärze der Nacht.

17

Die ganze Nacht lang hatte Timothy nur wach gelegen. Zumindest kam es ihm so vor. Die stickige Wärme in der winzigen Dachkammer war inzwischen sein geringstes Problem, sie fiel ihm eigentlich kaum noch auf. Er lag einfach nur da, starrte in die Dunkelheit hinein und dachte nach.

Über Samantha, die ihn zuletzt eiskalt abtropfen ließ wie irgendeinen lästigen Verehrer, bloß weil er die plötzliche Sorge um ihren Ehemann nicht teilte. Ihr für ihn unverständliches Verhalten hatte seiner Liebe doch einen heftigen Dämpfer verpasst. Irgendetwas in ihm war zu Bruch gegangen und er konnte nicht sagen, ob es jemals wieder repariert werden könnte. Er fragte sich zum wiederholten Mal, ob er es wirklich nötig hatte, sich so schlecht behandeln zu lassen. Und immer wieder kam er zu dem Schluss, dass dem nicht so war. Wenn man der Presse Glauben schenken durfte, war er zurzeit sogar einer der begehrtesten Junggesellen Englands.

Andere Mütter haben auch schöne Töchter, dachte er voller Groll.

Auch seinem Vater galten seine Gedanken, der neuerdings sogar Samanthas Mann beherbergte, es aber vor ihm, seinem Sohn, geheim hielt – warum auch immer.

Und er dachte an Hazel, seine Ex-Verlobte, die ihm das Leben zur Hölle machte, weil er – zugegebenermaßen ein wenig spät – ehrlich mit ihr gewesen war.

Diese Art von negativer Publicity konnte er im Moment überhaupt nicht gebrauchen. Er hatte schließlich auch an seine Firma zu denken, die er gerade im Begriff war aufzubauen.

Sein Leben, es war im Moment ein einziger Trümmerhaufen. Zumindest, was seine Beziehungen anbelangte.

Von Samantha und auch von seinem Vater fühlte er sich buchstäblich verraten. Dass dieser Michael seiner Frau nicht gleichgültig war, konnte Timothy ja noch einigermaßen nachvollziehen. Aber was sein Vater mit diesem Kerl zu schaffen hatte, war ihm vollkommen schleierhaft.

Er überlegte kurz, ob er Samantha davon erzählen sollte, dass er wusste, wo sich ihr Mann nach dem Unfall auskurierte. Dann entschied er sich jedoch dagegen.

Dieser allgegenwärtige Michael störte ihre Beziehung schon zur Genüge – falls es überhaupt noch eine war.

Und irgendeinen Grund musste es schließlich geben, weswegen sein Vater solch ein Geheimnis daraus machte.

Was mache ich denn eigentlich überhaupt noch hier? Die Presse ist doch auch schon längst wieder weg.

Sie würden schon sehen, wie es ihnen erginge – ohne ihn. Samantha könnte sich dann weiter mit ihrem Michael herumärgern, der lieber in der Weltgeschichte unterwegs war, als die Nächte neben ihr zu verbringen.

Was für ein bescheuerter Vollidiot!

Und – so dankbar er seinem Vater für die spontane Hilfe auch war – er war nun nicht mehr länger dazu bereit, als Stallbursche im Gestüt die Stellung für ihn zu halten, damit dieser Samanthas Mann noch weiter verhätscheln konnte. Damit war jetzt Schluss.

Eigentlich wollte er um diese Zeit ohnehin längst wieder in London gewesen sein. Er musste dringend zu seinen neuen Geschäftsräumen fahren, um dort nach dem Rechten zu sehen. Die Renovierungsarbeiten dürften inzwischen abgeschlossen sein. In wenigen Tagen sollten noch ein paar Möbel für seine künftige Unternehmensberatung angeliefert werden. Und ein Nerd aus dem benachbarten Bürogebäude wollte für ihn die Computeranlage zum Laufen bringen.

Es wird höchste Zeit, dass ich wieder von hier verschwinde!

Samantha blinzelte dem neuen Tag ungläubig entgegen. War es wirklich schon wieder Zeit zum Aufstehen? Ihr Kopf fühlte sich an, als hätte sie einen Kater, aber das konnte sie sich nicht erklären. Sie hatte doch am Vorabend keinen einzigen Tropfen Alkohol getrunken.

Allerdings war sie sehr lange aufgeblieben. Viel zu lang, um genau zu sein. Weil sie einfach keine Ruhe hatte finden können. Bereits zum zweiten Mal hatte sie versucht, telefonisch in Erfahrung zu bringen, ob Michael eventuell doch in eines der umliegenden Krankenhäuser eingeliefert worden war. Er könnte ja einen anderen Namen benutzt haben, damit man ihn nicht gleich erkannte und die Presse informierte. Schließlich gehörte er zu Englands Prominenz.

Natürlich war ihre Recherche ohne Ergebnis geblieben. Noch immer wusste niemand irgendetwas von einem Unfall auf diesem Teil der Landstraße.

Im Laufe ihrer Ermittlungen war die große Verzweiflung dann in Wut umgeschlagen. In eine gewaltige Wut auf Michael.

Inzwischen stand für sie fest, dass er wieder bei seiner Patricia sein musste – wo sollte er auch sonst hingefahren sein? Eine Adresse von dort hatte sie natürlich nicht. Sie wusste ja noch nicht einmal den Nachnamen dieser Frau.

Und eine Tatsache war trotz allem beruhigend: Offenbar ging es Michael wahrhaftig nicht so schlecht, wie sie befürchtet hatte, sonst wäre sie als Ehefrau doch längst verständigt worden. Aus der Distanz des neuen Tages betrachtet, musste sie Timothy und seiner pragmatischen Sichtweise der Dinge sogar recht geben.

Ihr großer Katzenjammer galt natürlich in erster Linie

ihm. Sie bereute es inzwischen zutiefst, dass sie seine Anrufe nicht angenommen hatte. Aber es hatte sie einfach zu sehr mitgenommen, dieses Autowrack gesehen zu haben. *Das wäre doch bestimmt jedem so ergangen!*

Und dieser Schock hatte sie irgendwie von ihren Gefühlen abgeschnitten. Das wollte sie Timothy nun dringend sagen. Das alles und außerdem, wie sehr sie ihn liebte. Keinesfalls sollte diese unangenehme Situation nun zwischen ihnen stehen.

Gleich nach dem Frühstück würde sie sich deshalb besonders hübsch zurechtmachen und ein figurbetontes Kleid anziehen. Dann würde sie mit Colin eine kleine Ausfahrt zum Waisenhaus unternehmen und ihn dort in Mildreds liebevolle Obhut übergeben.

Danach wollte sie Timothy bei den Stallungen besuchen und ihn zu einem Spaziergang überreden, bei dem sie ihm schließlich alles erklären würde.

Sie hoffte inständig, dass er der Arbeit abkömmlich sein würde. Und noch mehr hoffte sie, dass er ihr nicht allzu böse war. Aber wie sie ihn einschätzte, war er leicht zu besänftigen. Besonders von ihr, der Frau, die er über alles liebte.

18

Ihr Herz machte sich schlagartig durch ein pulsierendes Dröhnen bemerkbar, als sie sich dem Gestüt näherte. Schon aus einiger Entfernung erkannte sie Timothy, der auf *Black Velvet Unicorn* saß.

Für einen Moment lang kam es ihr vor wie ein Déjà-vu ihrer ersten Wiederbegegnung. Sie dachte kurz nach und kam zu dem Ergebnis, dass dieses Treffen gerade einmal zwei Wochen zurücklag. Und doch fühlte es sich an, als hätte es vor einer halben Ewigkeit stattgefunden.

Je näher sie den beiden kam, desto deutlicher spürte sie jedoch auch, dass an diesem Tag alles anders war. Sie nahm eine gewisse Unruhe wahr, ganz im Gegensatz zu jener anderen Begegnung, als Timothy und der schwarze Hengst eine harmonische Einheit gebildet hatten.

Diese Spannung heute ging ganz offensichtlich von Timothy aus und übertrug sich auf das Pferd. Obwohl sie beide – Mann und Rappe – jeder für sich ästhetisch anzuschauen waren, gaben sie heute kein schönes Gesamtbild ab. Es sah aus, als würden sie miteinander eine Art von Kampf führen – einen Machtkampf, wer der Stärkere von beiden sei.

Samantha kannte sich wirklich nicht gut mit Pferden aus, doch hatte sie während ihrer Ehe mit Charles gelernt, dass solche Zweikämpfe oft etwas damit zu tun haben, dass der Reiter mit sich selbst nicht im Reinen ist.

Sie spürte auch aus der Entfernung deutlich, wie geladen Timothy war. Seine Wut schien jede Sekunde weiter anzusteigen – eine Wut auf sich selbst. Ein begnadeter Pferdekenner, wie er es war, wusste mit Sicherheit, dass die Disharmonie mit dem Hengst von ihm selbst ausging.

Samantha wurde Zeuge, wie Timothy plötzlich von *Black Velvet Unicorn* abstieg – vielmehr sprang er von dem übernervösen Tier herunter. Die Zügel drückte er völlig entnervt einem Stallburschen in die Hand und verließ den Reitplatz.

In dem Moment tat er ihr richtig leid. Besonders, da sie zu wissen glaubte, dass sie an seinem Befinden nicht ganz unschuldig war.

Im nächsten Augenblick passierte er mit schnellen Schritten das Tor und ging in den Park hinein. Offenbar brauchte er nun dringend Abstand zum Geschehen und wollte gerade einfach nur drauflos laufen.

Dann blieb er auf einmal stehen und sah direkt in Samanthas Richtung – er hatte sie entdeckt.

Die Geste, die er daraufhin machte, zeugte allerdings nicht von großer Freude. Mehr als das bewegte er sich wie ein gefangenes Tier, das sich der Grenzen seines Käfigs bewusst war und eigentlich lieber ausgebrochen wäre.

Schnell lief sie auf ihn zu, damit er ihr nicht tatsächlich noch entkam, bevor sie loswerden konnte, was sie ihm so Dringendes sagen wollte.

Mit vor der Brust verschränkten Armen stand er bloß da, als sie zu ihm kam, und ging ihr keinen einzigen Schritt entgegen.

Als sie vor ihm stand und den verbitterten Ausdruck in seinem Gesicht erkannte, legte sie ihm eine Hand auf die Wange und sagte leise: »Mein Liebling, bist du mir böse wegen gestern?«

Er schnaubte nur und drehte den Kopf zur anderen Seite.

»Timothy, bitte … lass es mich dir doch erklären … Ich hatte so eine schreckliche Angst um Michael – er ist doch schließlich der Vater meiner Kinder. Ich habe seinen Unfallwagen gesehen. Der ist so schrecklich demoliert, du kannst es dir nicht vorstellen. Danach habe ich unbedingt in Erfahrung bringen wollen, wie es ihm geht. Alles andere war mir einfach egal. In zwei Wochen kommen Frank und Roberta wieder zurück, und unser Sohn wird mich doch dann fragen, was seinem Vater passiert ist.«

»Und? Weißt du es jetzt?«

»Nein«, sagte sie leise und sah ihm zärtlich in die Augen. »Aber ich weiß jetzt, dass du recht hast mit dem, was du gestern zu mir gesagt hast.«

»Na toll!«, sagte er trotzig, die Arme noch immer wie ein Schutzschild vor seinem Körper verschränkt.

»Und jetzt wird das Spielzeug wieder hervorgeholt und darf wieder mitspielen, oder wie?«, fragte er in einem schneidenden Tonfall, den sie zuletzt vor vier Jahren von ihm gehört hatte. Damals in der Nacht im Pavillon, als sein Vater ihn gesucht hatte.

»Ich kann ja verstehen, dass du auf mich wütend bist, und es tut mir wirklich sehr leid.«
Gegen seinen Widerstand löste sie seine Arme aus der verknoteten Haltung und sagte: »Lass uns doch ein paar Schritte spazieren gehen, ja?«

Er knurrte irgendetwas, das sie nicht verstand, und ließ es widerwillig geschehen, dass sie seine Hand nahm.

Eine ganze Weile gingen sie dann nebeneinanderher, ohne ein Wort zu sagen.

Samantha hatte es sich eindeutig leichter vorgestellt, die liebevolle Stimmung zwischen ihnen wiederherzustellen. Sie hielt seine Hand fest in ihren Händen.

Timothy erwiderte diese zärtliche Geste nicht. Er schien mit seinen Gedanken meilenweit entfernt zu sein. Sein Blick verlor sich in den endlos grünen Weiten des Parks.

Irgendwann hielt sie es nicht mehr aus und zwang ihn zum Stehenbleiben. Sie drehte sein Gesicht in ihre Richtung, sodass er nicht anders konnte, als sie anzusehen. Mit ihren blaugrünen Augen versuchte sie, die Glut seines unerbittlichen Blicks zu ergründen.

»Hast du vergessen, dass ich dich liebe, Timothy?«, fragte sie sanft.

»Ich habe eher das Gefühl, dass du es vergessen hast.«

»Das glaubst du?«

»Allerdings. Oder wie würdest du dein Verhalten an meiner Stelle sonst interpretieren?«

»Wirklich? Das denkst du?«

Da er nichts darauf antwortete, fuhr sie fort: »Und wenn es wahr wäre, würdest du mich deswegen plötzlich auch nicht mehr lieben?«

Die Frage erschien ihr grotesk, doch das Lachen blieb ihr im Hals stecken, als sie seine Antwort hörte.

»Ich bemühe mich gerade, mir dich aus dem Herzen zu reißen, ja.«

»Warum? Weil ich ein Mensch bin, der sich um seine Mitmenschen sorgt?«, fragte sie ungläubig. »Ist das dein Ernst?«

»Nein, nicht deswegen. Sondern weil du deinen Mann offenbar noch immer liebst und mich nur nebenbei als netten Zeitvertreib benutzt hast.«

»Das tue ich nicht! Wie kommst du denn nur auf so etwas?«

»Denk doch mal darüber nach, was passiert ist, dann musst du mir diese Frage nicht erst stellen.«

»Was meinst du damit?«

Er schüttelte den Kopf und schnaubte, bevor er antwortete: »Wir beide hatten miteinander den Himmel auf Erden, oder nicht?«

Er sah ihr eindringlich in die Augen und sie nickte zur Bestätigung.

»Wir lebten ein vollkommenes Glück, wenn es auch nur wenige Tage waren. Aber unsere Beziehung entwickelte sich ja eigentlich schon seit ein paar Jahren. Wir haben uns perfekt verstanden und waren verrückt nacheinander. Und dann gibt es eine Neuigkeit über deinen Mann und alles, was zwischen uns auf geradezu schicksalshafte Weise entstanden war, ist mit einem Mal vergessen. Plötzlich zählt nichts mehr! Nichts! Du vergießt Tränen seinetwegen. Du behandelst mich, als wäre ich ein sexbesessenes Monster – ein Mann, der nur mit seinem Schwanz denkt! Du drückst mich am Telefon weg, wenn ich mit dir sprechen möchte! Du gibst mir keine Gelegenheit, dein Verhalten verstehen zu lernen – und im Gegensatz zu dir habe ich mich kein bisschen anders verhalten als die ganze Zeit davor! Da haben dich meine anzüglichen Bemerkungen sogar heißgemacht. Oder stimmt es etwa nicht?«

Er ging ein paar Schritte weiter und drehte ihr demonstrativ den Rücken zu.

»Ja … das stimmt … alles, was du gesagt hast«, gestand sie leise und schlang von hinten ihre Arme um seinen vor Zorn bebenden Körper. »Deshalb habe ich dich ja bereits um Verzeihung gebeten.«

Sie schmiegte sich an ihn und streichelte seinen Oberkörper. Dann drehte er sich abrupt um und sah sie direkt an.

»Ich müsste jetzt langsam wieder zurück zu den Pferden. Mein Vater ist heute wieder nicht gekommen und wir sind etwas unterbesetzt.«

»Noch nicht … lass uns nicht so auseinandergehen, bitte.«

Sie gingen noch weiter den Weg entlang und in den Park hinein.

Wenigstens kam Timothy Samantha nun etwas versöhnter vor. Sie legte ihre Hand in seine und diesmal hielt er sie auch fest.

Das Ganze kam ihr vor wie eine verkehrte Welt. Eigentlich war er es, der schon immer verrückt nach ihr gewesen war. Mit ihrer Liebe hatte sie auf seine doch nur reagiert. Und plötzlich war es so, als würde sie um seine Liebe kämpfen müssen, darum, sie wiederzuerlangen. Das fühlte sich einerseits fremd und merkwürdig an.

Aber wenn sie mit sich ehrlich war, erregte es sie über die Maßen, dass er gerade so schwer zu erobern war. Ihre Lust, ihn wieder ganz nah bei sich zu spüren, wuchs ins Unermessliche.

Als sie noch überlegte, ihn zu fragen, ob sie sich am Abend sehen würden, tauchte in einiger Entfernung der alte Pavillon auf. Wie ein verwunschener Liebestempel lag er versteckt hinter Büschen und Bäumen und war nur von dieser Stelle des Weges aus zu sehen. Einen besseren Ort für ihre Versöhnung konnte es gar nicht geben als den, wo alles angefangen hatte.

Samantha spürte, dass Timothy das Gleiche dachte.

Ohne auch nur ein Wort zu verlieren, verließen sie gemeinsam den Weg. Sie liefen immer schneller über die Wiese, hin zu der Laube, in der noch immer derselbe alte Holzliegestuhl stand wie damals in der Nacht von Charles' vierzigstem Geburtstag. Nun würden sie endlich vollbringen, was sie damals hatten unterbrechen müssen, und was seitdem zwischen ihnen schwelte.

Ein Blick in Timothys Gesicht genügte ihr, um zu wissen, dass er sich nun wieder nach ihr verzehrte.

Eher war der Schmerz, den sie beide umeinander erlitten hatten, plötzlich zu einem Teil ihrer Lust geworden.

Er packte sie so fest, dass er ihr fast wehtat, aber es machte ihr nichts aus. Im Gegenteil. Sie genoss es, ihn auf diese Weise endlich wieder zu spüren.

Das war kein Moment für verliebte Zärtlichkeit. Es ging um eine alles verzehrende Liebe, zu der eben auch ein gewisser Schmerz gehörte, wenn man ansonsten Gefahr lief, sie zu verlieren.

Und sie wollte seine Liebe nie wieder verlieren, das sagte sie ihm auch, immer und immer wieder. Sie war ihm mit Haut und Haar verfallen, das war ihr längst klar geworden. Geradezu süchtig war sie nach ihm.

Nichts zählte mehr. Nichts. Nur er und die harte, kraftvolle Leidenschaft, mit der er sie nahm.

Mitten im Park von Cardington Manor, mitten am helllichten Tag.

19

Samantha lief auf dem schnellsten Weg nach Hause. Sie wollte unbedingt eine Dusche nehmen, bevor sie Colin aus dem Waisenhaus abholte, und hoffte, dass ihr davor niemand begegnete. Bestimmt sah sie in dieser Situation schrecklich aus – sie war sich sicher – und mit deutlich sichtbaren Spuren ihrer lustvollen Versöhnung wie verschmierter Mascara und Lippenstift und mit zerzaustem Haar. Und natürlich trug sie gerade keinen Taschenspiegel bei sich.

Aber sie war in diesem Moment auch unglaublich glücklich und erleichtert. Timothy und sie waren sich wieder nahegekommen, möglicherweise näher als je zuvor. Sie war erfüllt von seiner Liebe und seiner kraftvollen Leidenschaft. Und ja, sie liebte ihn ebenso mit der gleichen Kraft und Vehemenz. Jetzt wusste sie auch nicht mehr, was am Tag zuvor in sie gefahren war, als sie ihn abgeblockt hatte.

Sie hatten sich für den Abend verabredet. Er sollte um einundzwanzig Uhr an den abgelegenen und unauffälligen Dienstboteneingang kommen, und sie würde ihn dort erwarten und hereinlassen.

Die Vorfreude darauf machte sie nahezu verrückt. Keine einzige Nacht wollte sie mehr ohne ihn sein – zumindest bis zum Morgengrauen. Sie sehnte ihr Wiedersehen mit jeder Faser ihres Körpers herbei und zählte bereits die Stunden bis dahin. Ihre gemeinsamen Nächte würden sie allerdings weiterhin im Boudoir verbringen, während ihre Trennung von Michael noch nicht offiziell war.

Frisch geduscht und ein wenig abgekühlt kam sie die große Freitreppe herunter. Sie trug ein hübsches Sommerkleid mit einem blauen Blumendruck darauf. Es stand ihr sehr gut und passte zu ihrer leicht gebräunten Haut. Das lange dunkelblonde Haar hatte sie hochgesteckt.

Auf dem Weg durch die Halle kam Rose auf sie zu. Die Köchin machte ein betrübtes Gesicht.

»Guten Tag, Rose! Ich hole nur schnell Colin im Kinderheim ab und dann kommen wir zum Mittagessen. Sie haben sicher schon auf uns gewartet.«

»Ist schon in Ordnung, Mrs Tomlinson. Heute gibt es eh nur etwas Kaltes bei der Hitze. Ich wollte Ihnen nur kurz sagen, dass wir jetzt langsam unterbesetzt sind. Es wird wirklich höchste Zeit, dass Henderson wieder zurückkommt.«

»Warum? Was ist denn geschehen? Ist jetzt jemand krank geworden?«

»Ja, eines der Mädchen, Clara. Sie hat sich wohl eine Sommergrippe eingefangen. Ihre Mutter hat sie vorhin mit hohem Fieber abgeholt und bringt sie gerade zu einem Arzt.«

»Oje, das klingt aber gar nicht gut.«

»Ja, vor allem klingt es nicht so, als wäre sie in zwei Tagen wieder gesund. Das bedeutet, dass wir jetzt – also Frances und ich – alleine mit der ganzen Arbeit sind. Die Anforderungen noch weiter herunterzufahren, geht ja wohl kaum noch, ohne dass das Haus in Verwahrlosung endet.«

Samantha atmete geräuschvoll aus, bevor sie antwortete: »Ich lasse mir etwas einfallen, Rose. Machen Sie sich bitte keine Sorgen! Es wird ganz sicher nicht alles auf Ihren Schultern lasten, dafür werde ich sorgen.«

Nach dem Mittagessen spielte sie noch ein wenig mit Colin und las ihm aus einem Büchlein vor. Als sie merkte, dass er eingeschlafen war, legte sie ihn ins Bett. Dann schloss sie leise die Tür des Kinderzimmers und ging ins Wohnzimmer hinüber.

Sie setzte sich aufs Sofa und dachte nach, woher sie auf die Schnelle einen Ersatz für Clara herbekommen könnte. Sollte sie etwa eine Stellenvermittlung anrufen?

Wenn nur Henderson schon wieder hier wäre, stimmte nun auch sie in Roses Klagelied mit ein. Er war wirklich unersetzbar in einem Haus wie diesem. Wie würde es nur werden, wenn er nach seiner Rückkehr seinen Ruhestand antrat und nicht mehr hier sein würde?

Einfach unvorstellbar!

Und wer sollte ihn bloß ersetzen?

Bei diesen Gedanken traten Tränen in ihre Augen. Sie suchte nach einem Taschentuch, und da fiel ihr Blick auf die Zeitschrift unter dem gläsernen Couchtisch. Genauer gesagt, auf die Rufnummer, die sie selbst erst kürzlich auf die Rückseite gekritzelt hatte. Und daneben stand ein Name: *Jefferson Barley*.

Dieser unerfahrene Mann wäre sicherlich kein Ersatz für Henderson, aber vielleicht die Lösung für den momentanen personellen Engpass.

Sie nahm das Telefon von einem Beistelltisch und tippte die Nummer ein.

»Hallo, Mr Barley? Hier spricht Samantha Tomlinson. Störe ich Sie gerade?«

»Natürlich nicht! Guten Tag, Mrs Tomlinson! Welche Ehre, dass Sie mich anrufen!«

Seine Freude über ihren Anruf und die damit verbundene Erwartung waren aus jedem seiner Worte deutlich herauszuhören.

»Hoffentlich sagen Sie das auch noch, wenn Sie den Grund meines Anrufs erfahren haben.«

»Da bin ich mir ganz sicher, Mrs Tomlinson. Was kann ich denn für Sie tun?«

»Mr Barley, ich rede freiheraus. Wir haben derzeit auf Cardington Manor einen personellen Engpass. Nicht nur, dass unser Butler noch die nächsten zwei Wochen verreist sein wird, jetzt ist auch noch eines der Hausmädchen erkrankt. Falls Sie noch immer eine Stelle suchen, ich könnte Ihnen zumindest vorübergehend – für die nächsten Wochen – den Posten eines Hausdieners anbieten. Natürlich weiß ich, dass Sie mit Ihrer Ausbildung als Butler für diese Arbeit überqualifiziert sind. Sie hätten aber dadurch wenigstens die Möglichkeit, sich anzusehen, ob Cardington Manor Ihnen als Arbeitsplatz überhaupt zusagen würde, bevor Sie sich für die Stelle als Butler bewerben. Was meinen Sie zu meinem Vorschlag?«

»Vielen Dank, Mrs Tomlinson! Ich verstehe Ihre Situation natürlich vollkommen. Das wäre doch eine wirklich gute, wenn auch zeitlich befristete Möglichkeit für mich, um wertvolle Erfahrungen zu sammeln. Da sage ich gerne zu! Ab wann benötigen Sie meine Dienste?«

»Wann können Sie hier sein?«

20

Die Köchin Rose staunte nicht schlecht, als Samantha ihr bereits am nächsten Morgen die Lösung für das Problem präsentierte.

»Mr Barley hat erst kürzlich seine Ausbildung zum Butler beendet und wird nun hier im Haus in der Funktion eines Dieners erste praktische Erfahrungen sammeln. Ich erwarte, dass Sie sich alle gegenseitig unterstützen und zu einem reibungslosen Ablauf beitragen.«

Und zu Frances gewandt: »Bitte zeigen Sie doch Mr Barley, wo er wohnen kann und was hier im Haus von ihm erwartet wird. Danke, Frances!«

»Aber die Butlerloge ist doch noch nicht frei.«

»Ja, ich weiß, aber bestimmt lässt sich noch ein anderes Zimmer für den Übergang finden. Wir wissen ja auch noch gar nicht, ob es Mr Barley auf Cardington Manor überhaupt gefallen wird. Es ist für uns alle eine Art Probezeit, bis Henderson wieder von seinem Urlaub zurück ist.«

Frances nickte und begrüßte ihren neuen Kollegen, der sich höflich in die Runde verbeugte.

»Vielen Dank, meine Damen! Es ist mir eine große Freude, Sie zu unterstützen!«

»Wie sollen wir Sie denn ansprechen? Etwa *Barley* – ohne Mister, also wie einen Butler?«, fragte Rose verunsichert.

»Da ich diese Stellung nicht bekleide, denke ich, dass es genügt, wenn Sie mich, wie es bei einem Diener üblich ist, mit meinem Vornamen *Jefferson* ansprechen.«

Scheinbar mühelos fügte sich Jefferson in den für ihn fremden Haushalt ein. Er besaß offenbar eine ausgezeichnete Auffassungsgabe und lernte schnell. Nach nur einem Tag erwies er sich als echte Hilfe für Rose und Frances und konnte sie bei einigen Aufgaben bereits entlasten sowie kleinere Pflichten selbst übernehmen.

Samantha war mit ihrer Idee und deren Auswirkungen sehr zufrieden. Es war ein beruhigendes Gefühl, diesen noch relativ jungen, aber doch souverän wirkenden Mann im Haus zu wissen. Wie sie seinem Ausbildungszeugnis entnahm, war er etwa in Michaels Alter. Sein Auftreten war zuvorkommend, aber unaufdringlich, dezent und doch präsent. An solch einen Nachfolger für Henderson würde sie sich gewöhnen können. Sie war schon gespannt darauf, was der altgediente Butler nach seiner Rückkehr zu ihrer Entdeckung sagen würde.

Timothy war am Morgen nach London gefahren. Er hatte etwas in den Räumen seiner neuen Kanzlei zu tun, was sein persönliches Erscheinen erforderte und keinen Aufschub duldete. Er wollte am nächsten oder übernächsten Tag wieder zurück sein.

Samantha fand es einerseits schade, dass sie so weit voneinander entfernt waren. Andererseits brachte seine Abwesenheit auch eine gewisse Entspannung in ihren eigenen Tagesablauf. Ihre Zweisamkeit vor dem Personal immer noch geheim halten zu müssen, kostete sie jedes Mal einige Nerven. Und Timothy abends unbemerkt ins Haus zu schmuggeln und früh morgens wieder hinauszubegleiten, kam ihr manchmal vor wie in einem schlechten Film.

Und auch Colin schien diese Erleichterung zu spüren, er machte einen deutlich zufriedeneren Eindruck als in den Tagen zuvor.

An diesem Nachmittag schlief er in seinem Zimmer. Seine Mutter saß ein paar Räume weiter im Wohnzimmer und blätterte in einer Zeitschrift. Es war der erste Regentag seit Langem. Sie hatte die Terrassentüren in sämtlichen Räumen des *Nests* weit geöffnet und genoss die Abkühlung. Die Tropfen prasselten laut auf den Boden vor den Fenstertüren. Sie liebte dieses monotone Geräusch schon seit ihrer Kindheit. Es hatte für sie etwas Beruhigendes an sich und vermittelte ihr stets ein Gefühl von Geborgenheit.

Einen Moment lang schloss sie die Augen und spürte die wohltuende Entspannung dieses Augenblicks. Sie dämmerte schläfrig dahin, und so war es nicht verwunderlich, dass sie ein störendes Geräusch zunächst in ihren Traum einbaute. Erst beim zweiten energischeren Klopfen an der Tür reagierte sie und öffnete die Augen wieder.

»Ja, bitte?«

Jefferson betrat das Zimmer und entschuldigte sich für die Störung.

»Sie haben Besuch bekommen, Mrs Tomlinson. Ich habe die Dame in den Salon geführt. Ich hoffe, das ist Ihnen recht so.«

»Ja, vielen Dank, Jefferson!« Sie sah ihn überrascht an. »Hat die Dame auch einen Namen genannt?«

»Ja, sie sagte, ihr Name sei *Watson*.«

»Watson?« Einen Moment lang dachte sie nach. »Eine Dame dieses Namens ist mir vollkommen unbekannt.« Sie schüttelte den Kopf.

»Danke, Jefferson! Ich komme sofort.« Dann schenkte sie ihm ein freundliches Lächeln.

»Sie machen sich übrigens gut, wie ich so höre.«

Er nickte und lächelte kaum sichtbar zurück, wohl in dem Bemühen, sich nicht anmerken zu lassen, dass er sich durch ihre Bemerkung geschmeichelt fühlte.

Als er die Tür von außen geschlossen hatte, wiederholte Samantha ein paarmal den Namen *Watson*, kam jedoch zu keinem Ergebnis.

Bekam sie es möglicherweise gleich mit einer Reporterin zu tun, die von Hazel geschickt worden war? Seit der unangenehmen Sache vor dem Waisenhaus traute sie diesem rachsüchtigen Biest einfach alles zu.

Sie stand auf und ging hinüber ins Schlafzimmer, wo ein Wandspiegel hing. Dort strich sie sich das Haar glatt und zupfte ihre Bluse zurecht. Nachdem sie das Babyfon am Gürtel ihrer Jeans befestigt hatte, ging sie hinunter.

21

Als sie die Türe des Salons öffnete, erhob sich eine ihr unbekannte Frau von der sonnengelben Chaiselongue. Soweit Samantha sehen konnte, hatte diese weder ein Aufnahmegerät noch eine Kamera oder ein Smartphone bei sich. Nicht einmal einen Notizblock oder Stift konnte sie auf den ersten Blick ausmachen. Von der Regenbogenpresse schien die Fremde also nicht zu sein.

Sie war etwa in Samanthas Alter, hatte ein hübsches Gesicht, große braune Augen und dunkle, halblange Locken. Sie trug ein schlichtes braunes Leinenkleid, das offenbar auf dem Weg vom Wagen ins Haus vom Regen nass geworden war.

»Guten Tag, ich bin Samantha Tomlinson. Was kann ich für Sie tun, Miss Watson? Oder Mrs?«

Sie streckte ihrem Gast die Hand entgegen.

»Miss, bitte! Aber eigentlich wäre mir lieber, Sie würden mich bei meinem Vornamen nennen: *Patricia*.«

Ihr Lächeln war bezaubernd, jedoch lag auch etwas Betrübtes, Kummervolles in ihrem Ausdruck.

»Patricia Watson? Patricia?« Samantha kombinierte blitzschnell.

»Dann sind Sie Michaels Patricia?«

Die Frau nickte nur und verzog das Gesicht, als wäre ihr diese Tatsache unangenehm.

Wie bitte? Michaels Freundin besucht mich?

Über diesen Umstand war Samantha nun mehr als überrascht. Sie starrte die Fremde einen Moment lang ungläubig an und fragte sich, welches Anliegen diese nur haben könnte, das ihren Besuch auf Cardington Manor rechtfertigte.

Möchte sie etwa den Rest von Michaels persönlichen Sachen abholen?

»Äh … bitte nehmen Sie doch wieder Platz!«, sagte sie und setzte sich anschließend direkt daneben.

»Hat man Ihnen schon etwas zu trinken angeboten?«, fragte sie, um die Verlegenheit der Situation zu überspielen.

»Ja, vielen Dank, aber ich wollte nichts.«

Die Frau schien zu frösteln. Sie knetete nervös ihre winzige Umhängetasche.

Samantha schenkte ein Glas Wasser aus der Karaffe ein, die auf einem Tischchen stand, und stellte es ihrem Gast hin. Dann befüllte sie ein zweites für sich selbst.

»Also, Patricia, was kann ich für Sie tun?«

»Bitte verzeihen Sie mir, dass ich hier einfach so hereinplatze. Und vielen Dank, dass Sie mich überhaupt empfangen, Mrs Tomlinson …«

»Samantha.«

»Danke, Samantha, … ich bin deshalb zu Ihnen gekommen, weil ich mir große Sorgen um Michael mache.«

»Warum? Was ist mit ihm?«

»Das wollte ich doch Sie gerade fragen.«

Die beiden Frauen sahen sich gegenseitig an, jede mit einiger Verwirrung im Blick.

»Ich dachte, er wäre bei Ihnen in London«, sagte Samantha.

»Ja, ich habe ihn tatsächlich vor ein paar Tagen dort erwartet, aber er ist nicht gekommen. Als er von hier losgefahren ist, hat er mir eine Nachricht geschrieben, aber er ist nie bei mir angekommen. Er meldet sich seitdem auch nicht mehr bei mir und ich kann ihn auch nicht erreichen. Zu keiner Uhrzeit!«

»Dann wissen Sie also noch gar nichts von seinem Unfall?«

»Von seinem Unfall?«, wiederholte Patricia schockiert.

»Wie bitte? Er hatte einen Unfall? Michael?«

Ihre Stimme klang nun fast hysterisch.

»Und wie geht es ihm? Ist er verletzt?«

»Ich hatte gehofft, dass Sie mir das sagen könnten. Ich weiß nur, dass er lebt. Wir haben auch kurz miteinander gesprochen, aber dann war die Verbindung plötzlich unterbrochen.«

»Lassen Sie mich raten: sein Akku?«

Samantha nickte resigniert und Patricia verdrehte die Augen.

Dann lachten Sie auf einmal beide schallend.

Es war ein befreiendes Lachen, das die Anspannung zwischen ihnen löste.

»Das ist doch mal wieder typisch für Michael, oder?«, sagten sie sinngemäß gemeinsam im Chor.

Dann schwiegen sie einen Moment lang und lächelten sich an, als wäre beiden gleichzeitig bewusst geworden, dass sie unter anderen Umständen Freundinnen hätten sein können. Danach sprachen sie in einem so vertrauten Tonfall weiter, als würden sie sich bereits seit Jahren kennen.

»Leider kann ich dir jetzt auch nicht weiterhelfen, Patricia. Ich weiß nicht, wie es ihm geht, ob er schwer verletzt ist oder nicht. Er ist sogar der Meinung, dass mich das nichts mehr angeht. Ich weiß nicht einmal, wo er gerade ist. Deshalb habe ich, wie schon gesagt, angenommen, dass er bei dir in London ist.«

»Nein, das ist er leider nicht«, sagte Patricia traurig. »Sonst wäre ich ja nicht hierhergekommen.«

»Es ist doch wirklich komisch, dass er sich bei dir auch nicht gemeldet hat! Deine Nummer müsste er doch ebenso auswendig kennen, und an irgendein Telefon kommt man doch heutzutage immer heran, nicht wahr?«

»Es ist auch nicht komischer als in deinem Fall, würde ich sagen.«

»Aber du bist doch schließlich seine Freundin!«

»Und du bist schließlich seine Frau.«

Patricia lächelte ein hinreißend sympathisches Lächeln und Samantha konnte vollkommen nachvollziehen, dass Michael diese Frau einfach lieben musste.

»Findest du es denn nicht merkwürdig, dass er nicht alles daransetzt, seine Partnerin zu verständigen?«, fragte sie.

»Eben. Das meine ich ja.«

»Das verstehe ich jetzt nicht …«

Samantha blickte etwas verwirrt drein.

»Dann hat er es dir also noch immer nicht gesagt …?« Patricia sah sie skeptisch an.

»Was soll er mir denn gesagt beziehungsweise nicht gesagt haben?«

»Na, die Wahrheit!«

»Und die wäre?«, fragte Samantha gespannt.

»Dass wir, Michael und ich, gar nicht zusammen sind.«

»Vielleicht jetzt nicht mehr. Aber ihr seid doch wieder zusammengekommen, vor Kurzem erst und …«

»Nein, das sind wir nicht.«

»Aber er hat es mir doch selbst …«

Samantha konnte jetzt nur noch langsam den Kopf schütteln. Der Mund blieb ihr dabei offen stehen. Sie verstand die Welt nicht mehr.

»Ich habe ihm gleich gesagt, dass das eine blöde Idee ist, aber er wollte leider nicht auf mich hören.«

Patricia zuckte mit den Achseln.

Samantha sah ihr direkt in die Augen.

»Du meinst … du meinst, ihr habt gar nicht …?« Samantha konnte den Gedanken nicht zu Ende sprechen.

»Ja. Genau das meine ich. Wir sind einfach nur gute Freunde. Nach wie vor.«

»Aber …«

Samantha sprang abrupt von der Chaiselongue auf und lief hinüber an eines der Fenster des Salons. Als würde es ihr leichter fallen, das eben Gehörte zu verstehen, wenn sie dabei umherlief.

Als sie sich zu Patricia umdrehte, hatte sie Tränen in den Augen.

»Dieser verdammte Idiot!«, rief sie voller Entsetzen. »Er hat alles kaputtgemacht!«

»Genau das habe ich ihm prophezeit, aber wie gesagt …«

»Aber warum hat er das denn überhaupt gemacht? Was hat er sich denn von dieser Lüge versprochen?«

»Er hat wohl gedacht, wenn er dir einen Seitensprung gesteht, dann fällt es dir leichter, ihm deinen zu gestehen. Wahrscheinlich ist er noch heute davon überzeugt, dass du etwas mit diesem anderen Mann gehabt hast.«

»Inzwischen stimmt es leider. Aber erst nachdem er mir diese Lüge aufgetischt hatte, habe ich zum ersten Mal mit Timothy geschlafen – nicht schon davor! Er hat mich doch damit regelrecht in seine Arme getrieben! Zugegebenermaßen, viel Überwindung hat es mich nicht gekostet …«

»Oje … dann ist der Schuss ja in die vollkommen falsche Richtung losgegangen«, schloss Patricia traurig.

Dann schwiegen sie eine Weile, um die vielen Neuigkeiten zu verarbeiten, bis Samantha fragte: »Und ihr, Michael und du, ihr seid euch wirklich nicht nähergekommen in dieser Krisenzeit?«

»Nein. Sind wir nicht. Aber das lag nicht an mir. Ehrlich gesagt, ich hätte Michael sofort zurückgenommen.« Dann ergänzte sie schnell mit einem Lächeln: »Aber das war natürlich, bevor ich dich kennengelernt habe.«

Samantha konnte kaum glauben, was sie da hörte.

»Und er ist bei einer so tollen Frau wie dir, die ihm noch dazu vertraut ist, wirklich nicht schwach geworden?

Kein kleines bisschen?«

Patricia lachte und schüttelte zeitgleich den Kopf.

»Nein, doch nicht Michael!«, rief sie übermütig.

»Du müsstest mal hören, wie er von dir spricht – als wärst du ein überirdisches Wesen! Da würden jeder Frau sofort sämtliche Ambitionen vergehen, glaub mir, nicht nur mir.«

Noch immer stand Samantha vor dem Fenster und gab ihrer Bestürzung Ausdruck, indem sie mit den Händen wild gestikulierte.

»Das hätte er mal lieber zu mir sagen sollen. Stattdessen macht er mir die ganze Zeit Vorwürfe und tischt mir auch noch solch einen Blödsinn auf.«

Sie schnaubte zornig. »Ich fasse es einfach nicht! Aber noch weniger fasse ich, dass er seine Lüge nicht einmal neulich am Telefon richtiggestellt hat.«

Nach einigen weiteren Sekunden setzte sie sich wieder neben Patricia und fragte mit einem Anflug von Verzweiflung in der Stimme: »Aber was soll ich denn jetzt bloß machen? Ich habe mich bereits auf Timothy eingelassen … und auch mit meinem Herzen, um ehrlich zu sein.«

Sie sah sie an und Tränen liefen über ihre Wangen, die sie mit dem Handrücken abzuwischen versuchte.

Patricia öffnete ihre Handtasche, suchte ein bisschen darin herum und zog ein Papiertuch heraus, das sie ihr reichte. Samantha öffnete es und verbarg schluchzend ihr Gesicht darin.

Wie selbstverständlich legte ihr Patricia tröstend den Arm um die Schultern und ein warmes Gefühl durchströmte Samantha. Wie gut es doch tat, plötzlich wieder eine gleichaltrige Freundin ähnlich wie Susan zu haben!

22

Das Babyfon gab ein leises Quengeln von sich. Samantha trocknete ihre Tränen und putzte sich die Nase.

»Möchtest du mit nach oben kommen? Dann stelle ich dir Michaels Sohn vor und du kannst auch gleich sehen, wie wir wohnen«, fragte sie im Überschwang ihrer Gefühle.

»Oh, sehr gerne!«, rief Patricia begeistert. »Michael hat mir schon so von eurem Kleinen vorgeschwärmt.«

Sie tranken schnell ihre Wassergläser leer und gingen hinaus in die Halle.

»Das ist wirklich ein sehr beeindruckendes Haus«, flüsterte Patricia ehrfürchtig, als sie die Halle in Richtung der mächtigen Freitreppe durchquerten.

»Das stimmt. Beim ersten Besuch nimmt man automatisch irgendwie Haltung an, aber mit der Zeit gewöhnt man sich daran. Dann ist es fast normal.«

»Ich glaube, daran könnte ich mich nie gewöhnen. Wenn ich da an meine kleine Wohnung in Richmond denke … Aber wenigstens ist sie leichter zu putzen, könnte ich mir vorstellen.«

Sie lachten miteinander und stiegen die Treppe hoch.

Samantha antwortete ihr währenddessen: »Dass eine Wohnung überschaubar und leicht zu pflegen ist, ist wirklich ein großer Vorteil, glaub mir! Wir müssen hier täglich schon einen immensen Personalaufwand betreiben, um diese räumliche Großzügigkeit gut in Schuss zu halten. Zumal wir ja auch nicht alle Räume gleichzeitig bewohnen. Und das kann niemand alleine schaffen. Ein Anwesen wie dieses zu führen, das bedeutet auch viel

Arbeit. Das vergessen die Leute oft, die uns darum beneiden.«

Patricia blickte sich anerkennend um und genoss staunend den Blick von der oberen Etage über die gesamte Eingangshalle.

»Das kann ich mir lebhaft vorstellen«, hauchte sie beeindruckt.

Samantha führte ihren Gast nun zum Westflügel des Hauses.

»Jetzt gehen wir erst einmal ins Kinderzimmer und holen den Kleinen aus dem Bett, und dann zeige ich dir unser *Nest*, einverstanden?«

»Euer Nest? Da bin ich jetzt aber neugierig …«

»Ja, so nennen wir unseren persönlichen Wohnbereich, den wir uns hier oben in einer Zimmerflucht eingerichtet haben. Das ist einfach viel gemütlicher als in diesen riesigen Räumen zu residieren, die schon die Urahnen aus der Familie Cardington vor Urzeiten bewohnt haben.«

Sie gingen den Korridor entlang und konnten Colins Stimme aus dem Babyfon und bereits aus seinem Zimmer hören.

Samantha öffnete die Kinderzimmertür, und da sahen sie ihn schon in seinem Bettchen stehen, das blonde Haar zerzaust, die Bäckchen rot glänzend. Sein Weinen klang, als würde er schimpfen. Er hatte dicke Tränen in den Äuglein und wirkte, als wäre er noch in seiner Traumwelt gefangen.

Patricia war bei diesem Anblick nicht mehr zu halten. Sie stieß einen entzückten Schrei aus und lief zu ihm hin. Dann ging sie vor ihm in die Hocke und konnte ihn nur noch anstrahlen.

»Ja, du kleiner Schatz«, flüsterte sie. »Du siehst ja ganz genauso aus wie dein Daddy.«

In der nächsten Sekunde verzog der Kleine sein Gesicht zu einem hinreißenden Lächeln und entblößte zwei winzige Zähne. Er reckte Patricia die Ärmchen entgegen und gab vergnügte Laute von sich.

»Darf ich?«, fragte Patricia mit einem Seitenblick auf Samantha, die daraufhin freundlich nickte.

»Oh mein Gott«, hauchte sie gerührt, als sie den Kleinen auf dem Arm hielt. »Was für ein süßer Schatz!«

Colin schmiegte sich an sie und griff mit seinen Händchen in ihre dunklen Locken.

Patricia hatte Tränen in den Augen, als sie zu Samantha sah.

»Wie glücklich müsst ihr sein, so einen kleinen Engel zu haben! So einen habe ich mir immer gewünscht, aber bis jetzt …«

Sie schüttelte den Kopf mit einem wehmütigen Ausdruck in den glänzenden Augen.

»Gibt es denn sonst jemanden in deinem Leben?«

»Nein … im Moment nicht.«

»Schade. Du wärst bestimmt eine wunderbare Mutter. Aber, was nicht ist …«

Sie wurde von Patricia unterbrochen.

»Ja, irgendwann vielleicht. Aber Männer wie Michael wachsen nicht auf Bäumen! Das ist mir leider erst viel zu spät bewusst geworden. Da wart ihr schon zusammen.«

»Hat es dich denn das damals nicht gestört, dass er ständig unterwegs war?«

»Natürlich! Und wie! Genau deswegen habe ich mich doch auch von ihm getrennt, aber dann …«

Patricia sah plötzlich traurig aus.

»Dann habe ich erkannt, dass diese Ruhelosigkeit – oder wie man es auch nennen möchte – einen großen Teil seiner Persönlichkeit ausmacht, und den darf man ihm nicht nehmen. Er braucht es ganz einfach, unterwegs zu sein. Und irgendwie gehört es doch auch zu ihm, wie ich finde.«

Samantha verinnerlichte diese Worte und nickte nur

stumm. So hatte sie das noch nie gesehen. Bisher war es immer nur um die Einhaltung ihrer Verabredung gegangen, aber vielleicht war ja der Fehler gewesen, dass es überhaupt eine Absprache gab.

»Aber das Wichtigste ist für mich, dass er ein so feiner, anständiger Kerl ist«, fuhr Patricia fort. »Mehr will ich auch gar nicht mehr, das würde mir vollkommen genügen, nach so einigen Erfahrungen, die ich im Laufe der letzten Jahre gesammelt habe. Aber jetzt ist es eben zu spät.«

»Du liebst ihn immer noch, stimmt doch?«

Patricia erwiderte nichts darauf, aber das musste sie auch nicht. Ein Blick in ihre Augen genügte Samantha, um die Wahrheit zu sehen.

Ohne weiter darüber zu sprechen, kümmerten sie sich danach gemeinsam um Colin, wechselten ihm die Windel und zogen ihn frisch an.

»Dann werde ich mich mal weiter auf die Suche nach Michael machen«, sagte Patricia, als der Kleine im Laufstall saß und weltvergessen mit einer Rassel spielte.

»Was heißt, du wirst dich weiter auf die Suche machen? Wo möchtest du denn nach ihm suchen? In ganz England etwa?«

»Nein, er muss irgendwo hier ganz in der Nähe sein.«

»Hier ganz in der Nähe?« Samantha sah sie verblüfft an. »Und woher willst du das wissen?«

»Ach, das habe ich dir ja noch gar nicht erzählt. Ein Freund von mir in London arbeitet bei der Polizei. Ich habe ihm erzählt, dass ich Michael seit ein paar Tagen vermisse – er kennt ihn noch von früher, aus der Zeit, als wir ein Paar waren. Steve hat deshalb ausnahmsweise für mich herausgefunden, in welcher Funkzelle Michaels Handy zuletzt eingeloggt war, bevor der Akku ausging.«

»So etwas geht? Das ist ja fantastisch! Und diese – wie heißt das? – Funkzelle soll wirklich hier ganz in der Nähe sein? Bist du sicher?«

»Ganz sicher. Kein Zweifel. Höchstens ein paar Kilometer im Umkreis von Cardington Manor.«

»Er ist also doch noch in der Nähe! Das hätte ich nicht gedacht. Aber wo könnte er denn hier nur sein?«, fragte Samantha und dachte nach.

»Also mich darfst du das wirklich nicht fragen.«

Patricia lachte auf.

»Ich kenne mich doch in dieser Gegend kein bisschen aus. Ich werde jetzt einfach mal diese ganze verdammte Funkzelle abfahren und hoffen, dass ich Michael durch einen Zufall irgendwo finde. Vielleicht ist er ja auch ganz profan in einem Hotel in der Nähe abgestiegen – ich habe doch auch keine Ahnung.«

Samantha überlegte kurz, dann sah sie Patricia plötzlich an und fragte unvermittelt: »Hättest du etwas dagegen, wenn ich dich auf deiner Suche begleite?«

Patricia zögerte und sah sie beklommen an.

»Ehrliche Antwort?«

»Ja … ja, natürlich.«

Samantha schluckte und war darauf gefasst, dass Patricia ihren alten Freund doch lieber alleine suchen wollte.

»Ich habe gehofft, dass du mich das fragst.«

Patricia lachte laut auf und Samantha griff grinsend zu ihrem Telefon. Sie tippte eine Nummer ein und sagte kurz darauf voll Übermut: »Hallo, Mildred? Sie werden im Kinderzimmer sehnsüchtig von einem wahnsinnig gut aussehenden jungen Mann erwartet – wann können Sie hier sein?«

Während sie auf die Kinderfrau warteten, unterhielten sie sich weiter, als wären sie wahrlich schon seit ewigen Zeiten miteinander befreundet.

Irgendwann sagte Samantha plötzlich: »Ich finde, Michael ist ein Idiot, dass er nicht um dich gekämpft hat.«

»Genau das wollte ich zu dir auch schon die ganze Zeit

sagen«, erwiderte Patricia mit ihrem bezaubernden Lächeln, und die beiden Frauen umarmten sich herzlich.

23

Patricia lenkte ihren cremefarbenen *MINI* wie ein Schlachtross über die verregneten Landstraßen. Neben ihr auf dem Beifahrersitz saß Samantha. Sie hatte eine Landkarte auf dem Schoß und studierte die Umgebung, indem sie mit dem Finger auf dem Papier die einzelnen Dörfer abtastete.

»Es ist zum Verrücktwerden! Wo steckt er nur?«, rief sie.

»Und das Blöde ist auch noch, dass ich schlecht in ein Dorf gehen und die Bewohner fragen kann: *Haben Sie vielleicht meinen Mann gesehen?* Wir sind hier in der Gegend bekannt wie die bunten Hunde! Was meinst du, was das für ein Gerede gäbe – nicht auszudenken!«

»Das kann ich mir lebhaft vorstellen.«

Patricia verdrehte die Augen.

Samantha faltete die Karte entnervt zusammen und stopfte sie zurück in die Seitentasche der Beifahrertür.

»Ich fürchte, das hat alles keinen Sinn, was wir hier machen. Da müsste er schon bei diesem Mistwetter mitten auf der Straße spazieren gehen, damit wir ihn finden. Bestimmt ist er längst wieder in London oder wo auch immer.«

»Und wie soll er bitte nach London gekommen sein? Er hat doch gar kein Auto mehr und …«

»Hat er doch.«

Samantha hatte ihren Blick im Vorbeifahren auf einen Autoanhänger geheftet, von dem in diesem Moment ein dunkelblauer Geländewagen abgeladen wurde. In dessen Windschutzscheibe hing noch ein Verkaufsschild an Klebestreifen. Das Fahrzeug sah neu aus und glänzte.

Aber vor allem sah es aus wie Michaels alter Wagen, den er zu Schrott gefahren hatte. Ganz genauso. Sogar die Farbe stimmte überein.

»Du meinst …?«

»Halt an!«, rief Samantha, und Patricia fuhr an den aufgeweichten Straßengraben.

Samantha stieg aus und lief im strömenden Regen zu dem Transporter hin.

Der Fahrer übergab einem Mann in Regenzeug offenbar gerade den Lieferschein und ließ sich die Ladung quittieren. Erst jetzt bemerkte sie dahinter, ein paar Meter abseits der Straße, ein kleines, unscheinbares Haus, vor dem sich der Vorgang abspielte.

Als der Lieferant wieder in seinen Wagen stieg, gab er den Blick auf den anderen Mann frei und Samantha traute ihren Augen nicht: Es war Anthony Browning.

Mit weit aufgerissenen Augen stand sie da, während das Regenwasser sie vollkommen durchnässte und ihr sogar in den Kragen lief. Eine kleine Weile konnte sie ihn nur anstarren, als wäre er eine Erscheinung.

»Guten Tag, Mrs Tomlinson«, sagte er zu ihr und sie spürte deutlich, dass ihm die Situation unangenehm war. Mit einem Kopfnicken begrüßte er dann auch Patricia, die inzwischen hinter ihr stand.

»Mr Browning, wo ist mein Mann? Ist er bei Ihnen?«, fragte sie tonlos und ohne seinen Gruß zu erwidern.

»Bitte verzeihen Sie mir, Mrs Tomlinson, aber er …«

Samantha warf ihm einen entsetzten Blick zu. Dann ließ sie ihn einfach im Regen stehen und lief an ihm vorbei zum Haus. Patricia folgte ihr.

Die Haustür stand offen. Gemeinsam gingen sie hinein, und es fiel ihnen durch die Überschaubarkeit der Größe des Hauses nicht schwer, Michael zu finden.

Er war sichtlich überrascht über den Umstand, dass statt Anthony plötzlich seine Noch-Ehefrau und seine Ex-

Partnerin bis auf die Haut durchnässt vor ihm standen.

Er stieß einen gequälten Laut aus.

»Irgendwie macht ihr auf mich nicht den Eindruck, als müsste ich euch miteinander bekannt machen. Eher wirkt ihr so wie *Samantha Holmes und Doctor Watson*.«

Über diesen spontanen Einfall musste er selbst lachen.

»Sehr witzig«, sagten sie beide unisono und schnaubten genervt.

»Ich würde ja gerne aufstehen, aber leider verbietet mir mein Arzt zurzeit solche Höflichkeiten.«

»Also mir hätte es schon vollkommen genügt, wenn du dich wenigstens mal gemeldet hättest, damit ich weiß, warum du nicht gekommen bist.«

Patricia ging zu ihm hin ans Bett und knuffte ihn in den Oberarm.

»Ich habe mir echt Sorgen um dich gemacht, du Blödmann! Kannst du dir das nicht denken?«

»Tut mir leid … echt.«

Er verdrehte die Augen. »Ich habe einfach nicht dran gedacht, mich bei dir zu melden. Aber ich habe diesmal eine wirklich gute Entschuldigung.«

Er zeigte mit dem Finger auf seinen Kopf.

»Ich habe eine Gehirnerschütterung – du kannst den Arzt fragen.«

»Das erklärt doch alles«, sagte sie mit einem spöttischen Unterton und drehte sich für einen kurzen, vertraulichen Blick zu Samantha um.

»Und was fehlt dir sonst noch?«

»Nur ein paar Kratzer, aber ich soll noch ein paar Tage liegen bleiben.«

»Dann bist du ja gut aufgeräumt und kannst keine Straßen mehr unsicher machen.«

Patricia drückte ihm einen mütterlich anmutenden Kuss auf die Stirn und wandte sich dann zur Tür.

»Ich werde mal nachsehen gehen, ob ich uns beim

Herrn des Hauses ein paar Handtücher organisieren kann«, sagte sie zu Samantha und hinterließ eine bedrückende Stille im Zimmer.

Michael sah zu Samantha hinüber, die noch immer mit verschränkten Armen in der Zimmertür stand.

Ihre Blicke trafen sich.

In diesem Moment fühlte sie einen solch immensen Schmerz, dass sie anfing, hemmungslos zu weinen. Ihre Knie gaben nach und sie sackte am Türrahmen in sich zusammen und schlang ihre Arme um die Beine.

Plötzlich spürte sie Michaels vertraute Hände auf ihren Oberarmen und wie er versuchte, sie hochzuziehen. Dann hielt er sie kurz in seinen Armen.

Erschrocken sah sie ihn an und im selben Moment versiegten ihre Tränen.

»Aber du sollst doch liegen bleiben, hat der Arzt gesagt! Dein Kopf …«

»Ich lege mich ja gleich wieder hin. Möchtest du dich vielleicht ein bisschen zu mir setzen?«

Sie nickte und folgte ihm zum Bett. Er legte sich mit langsamen Bewegungen wieder hinein und sie war ihm mit der Decke behilflich.

Eine Weile schwiegen sie einvernehmlich, als hätte jeder Angst davor, dass er wieder den altvertrauten, vorwurfsvollen Ton anschlagen würde.

»Hier bist du also nach deinem Unfall gelandet«, begann sie vorsichtig.

»Ja … Anthony hat zufällig mit angesehen, wie ich … wie ich mich überschlagen habe. Er ist mir dann zu Hilfe gekommen. Ich wollte in kein Krankenhaus. Ich wollte nirgendwohin. Und da ich auf den ersten Blick okay schien, hat er mich einfach zu sich nach Hause gebracht.«

»Gott sei Dank war er in der Nähe! Das erklärt natürlich, dass in den Krankenhäusern niemand etwas darüber wusste.«

Sie begann zu frösteln. Wegen der Nässe, die langsam zu verdunsten begann. Und wegen Michaels Worten.

Nein, sie würde ihn jetzt nicht fragen, was er in dem Moment gedacht hatte, als der Unfall passierte.

Stattdessen fragte sie: »Hast du dich schon bei der Polizei gemeldet?«

»Ja ... der Wagen müsste längst abgeschleppt sein.«

»Also vorgestern war er noch da«, sagte sie und biss sich gleich darauf auf die Unterlippe. Aus einem unerfindlichen Grund hatte sie ihm das verschweigen wollen.

»Du warst dort? An der Unfallstelle?« Er sah sie ungläubig an. »Wozu?«

»Ich weiß es auch nicht ... aus irgendeinem Grund hat es mich dorthin gezogen. Vielleicht habe ich nach einem Anhaltspunkt gesucht, wo du gerade bist. Vielleicht habe ich mir davon versprochen zu erfahren, wie es dir geht ... wie schwer du verletzt bist.«

»Sehr«, sagte er nur und sah sie direkt an.

Seine Augen füllten sich dabei mit Tränen, während sich in ihrer Kehle ein dicker Kloß bildete und sie am Sprechen hinderte.

Als sie trotzdem etwas darauf erwidern wollte, hörte sie, wie sich die Tür des Schlafzimmers leise öffnete. Als Nächstes fühlte sie ein Frotteehandtuch auf ihrem nassen Haar und eine kuschelige Decke, die eine liebevolle Frauenhand um ihre Schultern drapierte. Dann hielt sie auf einmal einen Becher dampfenden Tees in den Händen und die Tür schloss sich wieder.

Samantha erschauderte, als die wohlige Wärme bis zu ihr durchgedrungen war.

»Sie ist reizend«, sagte sie und senkte ihr Gesicht über die Teetasse.

»Patricia? Ja, sie ist toll.«

»Hast du mal drüber nachgedacht, ob du mit ihr vielleicht glücklicher geworden wärst?«

»In der letzten Zeit schon, um ehrlich zu sein. Patty ist für mich eine wirklich gute Freundin.«

»Ja, für mich auch. Ich mag sie sehr.«

»Dann weißt du es also schon …? Ich meine, dass wir nicht …?«

»Klar.« Sie schnaubte und schüttelte belustigt den Kopf. »Was denkst du denn, worüber wir gesprochen haben?«

»Meine Güte, wie lange kennt ihr beiden euch denn schon?« Michael lachte.

»Seit immerhin …« Sie sah auf ihre Armbanduhr.

»… zwei Stunden.«

Er nickte daraufhin gespielt anerkennend und sie fiel in sein Gelächter mit ein. Es befreite sie aus der Beklommenheit der anfänglichen Stimmung und sie sagte: »Manchmal ist es gar nicht wichtig, wie lange man sich kennt. Man ist entweder miteinander vertraut oder man ist es nicht.«

»Stimmt«, sagte er und wurde auf einmal wieder ernst.

»Ich zum Beispiel habe vor ein paar Jahren eine Frau kennengelernt und mich sofort in sie verliebt, weil sich alles mit ihr angefühlt hat, als würden wir uns schon ewig kennen. Das war an einem Tag, als ich auf dem Weg zu einem riesigen Herrenhaus an der Küste war und durch Kent fahren musste. Sie lebte in einem kleinen Haus auf einem Hügel.«

Samantha bekam erneut Tränen in die Augen. Er traf sie mit seinen Worten mitten ins Herz.

»Und … und was ist aus ihr geworden?«

»Wir sind zusammengekommen, und in diesem Moment begann für mich die glücklichste Zeit meines Lebens.«

Während er erzählte, erhellte sich sein Gesicht.

»Wir bekamen ein Kind, haben geheiratet und einen weiteren tollen Jungen adoptiert.«

»Und wie ging es dann weiter?«

»Dann haben wir uns irgendwann verloren – irgendwo auf dem Weg sind wir uns abhandengekommen.«

»Das ist eine wirklich traurige Geschichte«, sagte sie mit tränenerstickter Stimme.

»Ja, das ist es.« Er seufzte.

»Wenn ich könnte, würde ich gerne wieder an den Punkt zurückkehren, an dem wir uns verloren haben. Gemeinsam mit ihr würde ich dort nach uns suchen, bis wir uns wiedergefunden haben. Aber ich fürchte, dass es dazu schon zu spät ist. Wahrscheinlich ist es längst viel zu spät.«

Darauf konnte sie nichts mehr erwidern. Was hätte sie auch sagen sollen?

»Es tut mir so leid, dass ich dir nicht geglaubt habe, Sammy«, sagte er verzweifelt und sah sie aus verschwommenen Augen an.

»Und mir tut es leid, *dass* ich dir geglaubt habe und ...« Sie konnte diesen Satz nicht beenden.

Ihre Tränenflut ließ sich nun nicht länger zurückhalten und sie bedeckte ihr Gesicht mit den Händen. Sie weinte aus Kummer über ihr verlorenes Glück und weil Michael so recht hatte, mit dem, was er sagte, mit allem, und diese Erkenntnis tat so weh. Unendlich weh.

Aber es waren auch ein paar Tränen der Erleichterung darunter, weil Michael sich nach langer Zeit endlich wieder vertraut anfühlte. Eigentlich so wie immer. Wie der Mann, den sie aus reinster Liebe geheiratet hatte. Und ebenfalls nach langer Zeit war sogar seine Liebe zu ihr wieder spürbar gewesen.

Trotz allem – es war zu spät. Es gab nun Timothy in ihrem Leben. Sie konnte ihn jetzt schlecht wegzaubern und damit alles ungeschehen machen. Und das wollte sie auch nicht mehr. Das wäre Timothy gegenüber außerdem unfair, denn er liebte sie so aufrichtig wie sie ihn liebte.

Sie waren jetzt ein Paar, und darüber gab es nichts zu diskutieren, denn schließlich hatte Michaels Lüge sie überhaupt erst dazu gemacht.

Samantha spürte plötzlich einen leichten, kantigen Gegenstand auf ihrem Schoß und sah auf. Michael hatte ihr eine Box mit Taschentüchern hingestellt und sie bediente sich dankbar, weil sich ihre Handtasche noch in Patricias Auto befand.

Dann ergriff er plötzlich ihre Hand und hielt sie fest.

»Ich habe recht damit, nicht wahr? Du liebst ihn, diesen Timothy.«

Sie konnte sehen, dass ihm die Antwort, die er in ihren Augen las, das Herz brach. Und doch sah sie sich nicht mehr imstande, etwas daran zu ändern.

Er wandte nun sein Gesicht abrupt von ihr ab und ließ auch ihre Hand wieder los.

Daraufhin erhob sie sich und lief so schnell hinaus, wie sie hereingekommen war.

24

Eine strahlende Nachmittagssonne hatte den Regen abgelöst und ließ die Wassermassen über der grünen Landschaft verdampfen.

Patricia saß mit Anthony Browning vor dem Haus in der Sonne und rief gerade übermütig: »Meine Güte, hier ist es ja wie in einem Dampfbad!«

Als sie sah, dass Samantha den Weg entlangkam und völlig aufgelöst war, sprang sie auf und eilte ihr entgegen.

»Oje! Ist es doch nicht gut gelaufen zwischen euch? Ich habe es euch doch so sehr gewünscht.«

Samantha zuckte mit den Achseln.

»Eigentlich schon … es war ein richtig schönes Gespräch … das schönste seit Langem, aber es ist jetzt einfach zu spät für uns.«

»Hey! Was sagst du da? Es ist nie zu spät.«

Patricia sah ihr eindringlich in die Augen, doch sie stand nur da und schüttelte langsam den Kopf.

»Was mache ich denn nur mit euch?« Patricia seufzte.

»Ich müsste jetzt auch langsam wieder zurück nach London und mit Michael wollte ich eigentlich auch noch kurz reden.«

»Ja, natürlich«, sagte Samantha. »Geh nur rein zu ihm. Ich warte so lange hier.«

»Wenn ich mich kurz einmischen dürfte, meine Damen«, sagte Anthony Browning.

»Ich habe Ihr Gespräch unfreiwillig mit angehört. Falls Sie mit mir fahren möchten, Mrs Tomlinson, ich würde jetzt zum Gestüt fahren und könnte Sie auf dem Weg dorthin nach Hause bringen.«

»Ja, gerne, wenn Ihnen der kleine Umweg nichts ausmacht.«

»Selbstverständlich nicht!«

Anthony verabschiedete sich von Patricia und ging zu seiner Garage.

»Das ist eine tolle Idee! Dann kann ich gleich von hier aus nach London zurückfahren.«

Zusammen gingen sie zu ihrem *MINI* und Samantha holte ihre Handtasche vom Beifahrersitz. Sie nahm ihre Brieftasche heraus und zog ein Kärtchen hervor, das sie Patricia reichte.

»Hier! Damit wir in Kontakt bleiben können. Ich würde mich so freuen.«

»Danke, und hier ist meine Adresse. Ich habe sie dir vorhin schon aufgeschrieben, als du noch bei Michael gewesen bist.«

Sie reichte ihr ein aus einem Notizblock herausgerissenes Blatt.

Dann lächelten sie sich an und wurden ein wenig verlegen.

»Jetzt heißt es wohl Abschied nehmen, liebe Samantha.«

»Ja, das müssen wir wohl. Liebe Patricia, es war mir eine wirklich große Freude, dich kennenzulernen. Danke, dass du mich besucht und mir geholfen hast, Michael zu finden.«

»Jetzt bringst du mich aber zum Weinen. Ich kann das nur alles von Herzen erwidern. Es war so schön, dass wir uns endlich kennengelernt haben.«

Sie umarmten sich innig wie alte Freundinnen und versprachen einander, in Kontakt zu bleiben.

Anthony hatte inzwischen den Wagen vorgefahren und Samantha stieg ein.

Als er gerade losfahren wollte, gab Patricia noch ein Zeichen und Samantha ließ das Seitenfenster herunter.

»Ich wollte dir nur noch sagen, dass ich finde, dass ihr

beide unglaublich gut zusammenpasst, Michael und du. Bitte sei nicht so dumm, wie ich es damals gewesen bin. Anständige Männer wie er wachsen nicht auf Bäumen. Gib ihn nicht auf, Samantha!«

»Wenn das so einfach wäre ...« Sie zuckte mit den Achseln. »Aber danke! Machs gut, Patricia!«

Sie schloss die Scheibe wieder und winkte zum Abschied. Dann fuhren sie los und das Bild von Patricia im Rückspiegel, wie sie dastand und ebenfalls winkte, wurde immer kleiner, bis es nach einer Biegung verschwunden war.

Samantha atmete hörbar aus. An diesem Tag war so vieles passiert, das sie noch immer kaum begreifen konnte.

Als hätte er ihre Gedanken gelesen, sagte Anthony: »Das ist gerade eine ziemlich aufreibende Zeit für Sie, nicht wahr, Mrs Tomlinson?«

»Ja, das haben Sie gut erkannt, Mr Browning.«

»Ich hoffe, Sie verzeihen mir und sind mir nicht allzu böse, dass ich Sie nicht wegen des Unfalls und Michaels Aufenthalt in meinem Haus verständigt habe. Aber ich habe ihm mein Wort gegeben, und das halte ich für gewöhnlich.«

»Das muss einem Ehrenmann wie Ihnen wirklich nicht leidtun. Und für die Differenzen zwischen meinem Mann und mir können Sie schließlich nichts. Ich möchte mich im Gegenteil bei Ihnen dafür bedanken, dass Sie im rechten Moment am richtigen Ort waren und Michael gerettet haben. Sie waren sein Schutzengel. Ich habe das Gefühl, dass ihm Ihre Nähe in jeder Hinsicht gutgetan hat.«

»Zu viel der Ehre, Mrs Tomlinson, aber ich danke Ihnen herzlich für Ihre freundlichen Worte. Michael und ich sind in diesen Tagen in der Tat so etwas wie Freunde geworden – trotz der etwas heiklen Konstellation wegen meines Sohnes und ...« Er brach den Satz an dieser Stelle ab.

»Und mir – sprechen Sie es ruhig aus! Es entspricht ja auch der Wahrheit. Timothy und ich sind ein Paar. Wir lieben uns – auch wenn ich wünschte, dass es nicht so wäre. Das würde einiges in meinem Leben gerade sehr viel einfacher machen, das können Sie mir glauben!«

»Und lieben Sie Michael denn auch noch – bitte verzeihen Sie mir diese Frage! Es geht mich ja eigentlich gar nichts an.«

»Fragen Sie ruhig! Vielleicht tut es mir ja auch gut, mit Michaels Freund zu sprechen. Und dass ich Sie schätze, dürften Sie ja inzwischen wissen. Also sagen Sie mir ruhig, was ich Ihrer Ansicht nach tun sollte.«

»Herzlichen Dank, Mrs Tomlinson! Es ist mir eine große Ehre.«

»Und um Ihre Frage endlich zu beantworten: Ja, ich liebe Michael noch immer und werde es wohl auch immer tun. Er hat seinen festen Platz in meinem Herzen.«

»Und was hindert Sie dann daran, zu ihm zurückzugehen?«

»Das fragen ausgerechnet Sie mich – als Timothys Vater?« Sie lachte auf.

»Das wäre Ihrem Sohn gegenüber einfach nicht fair, finden Sie nicht? Er liebt mich aufrichtig.«

»Das tut Michael auch und er ist noch dazu Ihr Ehemann. Okay, er hat einen Fehler gemacht, aber ich finde, sein Status zählt wesentlich mehr.«

»Sie sind ihm wirklich ein guter Freund.«

Samantha staunte und nickte anerkennend.

»Aber in diesem Moment spreche ich als Ihr Freund zu Ihnen, wenn Sie erlauben. Oder meinetwegen als Ihr Vater. Ich werde Ihnen jetzt einmal etwas sagen, wie ich es auch zu meiner Tochter sagen würde, wenn ich denn eine hätte. Als wären Sie mein eigenes Fleisch und Blut, einverstanden?«

Samantha lachte.

»Und was würden Sie dann zu mir sagen, wenn sie mein Vater wären?«

Diese Vorstellung fühlte sich sehr gut an.

»Dann würde ich jetzt sagen, Samantha, mein liebes Kind, dieser Timothy ist ja wirklich ein verdammt hübscher Bengel und er ist auch mit einem starken Charakter gesegnet. Dennoch ist Michael dein Mann und ihr habt euch einmal geschworen, in guten wie in schlechten Zeiten zueinanderzuhalten, oder etwa nicht?«

Sie nickte und schon wieder stiegen ihr die Tränen in die Augen – zum gefühlt hundertsten Mal an diesem Tag.

»Also, wenn Sie mich fragen, erleben Sie beide gerade diese schlechten Zeiten, Mrs Tomlinson, und …«, wollte er fortfahren, aber sie unterbrach ihn mit tränenerstickter Stimme.

»Es hat mir viel besser gefallen, als sie mich *Samantha* genannt haben«, schluchzte sie auf einmal.

»Könnten wir nicht so weiterreden wie Vater und Tochter? Ich habe doch auch niemanden mehr, der so mit mir spricht.«

»Selbstverständlich gerne, Samantha! Sag einfach *Anthony* zu mir.«

»Aber was soll ich denn Timothy jetzt sagen? Etwa, dass ich es mir ganz plötzlich anders überlegt habe? Er liebt mich doch und er verlässt sich auch auf meine Liebe!«

»Sag ihm einfach, wie es ist. Er wird es verstehen. Wenn nicht jetzt sofort, dann eben irgendwann. Er wird auch irgendwann darüber hinwegkommen, mit Sicherheit sogar.«

»Anthony … warum nur habe ich die ganze Zeit über das Gefühl, dass du gegen die Beziehung von Timothy und mir bist?«

»Versteh mich doch bitte nicht falsch, liebe Samantha!

Wenn ich mir auf der ganzen Welt eine Schwiegertochter aussuchen dürfte, dann wärst du meine allererste Wahl, das kannst du mir glauben. Aber du solltest nicht deine Ehe mit Michael wegen einer Liebelei mit meinem Sohn aufgeben.«

»So siehst du uns?«

Sie lächelte ihn matt an und schnaubte.

»Also für mich ist meine Beziehung mit Timothy eindeutig mehr als eine bloße Liebelei. Zugegeben, erst wollte ich nur mit Michael gleichziehen und habe Timothys Anziehung endlich nachgegeben, weil ich ja geglaubt habe, dass Michael wieder mit Patricia zusammen ist. Aber inzwischen lieben wir uns, Timothy und ich, und möchten auch zusammenbleiben.«

»Glaub mir, niemand weiß besser als ich, dass es sehr leicht ist, Timothy zu lieben. Ich bin auch unglaublich stolz auf meinen Sohn. Aber meiner eigenen Tochter würde ich tatsächlich raten, dass sie Michael heiraten soll und nicht Timothy. Michael ist ein vollkommen geradliniger und integrer Mensch. Für Timothy würde ich da meine Hand nicht ins Feuer legen. Denk nur mal an den Abend, an dem ihr euch kennengelernt habt. Das könnte dir jederzeit wieder passieren.«

»Das glaube ich nicht! Timothy würde mich nie wieder so bloßstellen – jetzt nicht mehr! Ich denke, da tust du ihm unrecht.«

Sie sah überrascht aus dem Fenster, als sie den Kies unter den Reifen spürte.

»Oh, wir sind ja schon da!«

Anthony hielt den Wagen vor den äußeren Freitreppen an und sagte abschließend: »Dann bleibt mir jetzt nur noch, dir eine gute und kluge Entscheidung zu wünschen, mein liebes Kind.«

Er zwinkerte ihr zu, nahm ihre Hand zum Abschied und deutete einen Handkuss an.

Da fiel Samantha ihm auf einmal um den Hals und drückte ihm einen Kuss auf die Wange.

»Danke, Anthony, dass du mir deine Einschätzung der Situation so offen gesagt hast. Das bedeutet mir wirklich sehr viel, weil ich deine Meinung hoch schätze. Und außerdem mag ich dich sehr gern.«

»Und das bedeutet wiederum mir sehr viel«, sagte er mit einem Lächeln.

25

Als der Abend kam, freute sie sich auf das Telefonat mit Timothy. Erst am nächsten Tag würde er wieder nach Cardington Manor kommen. Sie vermisste ihn und sehnte sich danach, seine Stimme zu hören. Und endlich konnte sie ihm auch erzählen, dass die Ungewissheit wegen Michaels Gesundheitszustand, die sie so sehr belastet hatte, nun endlich vorbei war.

Sie erzählte ihm begeistert und in sämtlichen Einzelheiten, was an diesem Tag alles vorgefallen war. Wie ausgezeichnet sich Jefferson eingeführt hatte. Wie sympathisch ihr Patricia bereits auf den ersten Blick war und wie gut sie sich sofort verstanden hatten.

»… und stell dir vor, dann haben wir in diesem strömenden Regen doch tatsächlich Michael gefunden!«

Timothy gähnte trotz dieser Sensation. Er hatte einen langen, anstrengenden Tag hinter sich.

»Na, Gott sei Dank, dann wird mein alter Herr ja auch wieder öfter im Gestüt anzutreffen sein und ich werde als sein Stallbursche wieder abkömmlich. Das ist mir schon langsam zu viel …«

Samantha hoffte, dass sie sich nur verhört hatte. Sie unterbrach ihn sofort.

»Was hast du gerade gesagt? War es das, was ich verstanden habe?«

Er antwortete nicht.

»Wie kommst du darauf, dass die Sache in einem Zusammenhang mit deinem Vater steht? Ich habe nicht erwähnt, wo wir Michael gefunden haben.«

Wieder keine Antwort.

»Timothy, bitte sprich mit mir!«

Sie hörte ihn nur genervt aufstöhnen.

»Hast du etwa gewusst, dass Michael im Haus deines Vaters ist? Jetzt antworte mir endlich!«

»Baby, ich … ja, verdammt …«

»Seit wann weißt du es?«

»Baby …«

»Seit wann?«

Er atmete hörbar aus.

»Seit dem Abend, an dem du mich nicht hast sehen wollen. Es ist so verdammt heiß gewesen und ich habe nicht schlafen können. Da bin ich zu meinem Vater gefahren und habe ihn zufällig gesehen.«

In Gedanken ging sie rückwärts die Zeitspanne bis zu ihrem Zerwürfnis durch und konnte nur noch mit dem Kopf schütteln.

»Seit zwei Tagen also. Du weißt seit zwei Tagen, wo sich Michael aufhält, hältst es aber nicht für nötig, mir davon zu erzählen? Obwohl niemand besser gewusst hat als du, dass ich inzwischen krank vor Sorge gewesen bin. Entspricht das etwa deiner Vorstellung von Liebe, Timothy?«

»Ach, Baby … ich war so verdammt wütend auf dich an diesem Abend … und auf deinen Mann … und auf meinen Vater. Ich wäre am liebsten einfach nur abgehauen mitten in der Nacht. Einfach direkt nach London und nie wieder zurück!«

»Ich fasse es nicht!«

»Mein Gott!«, rief er aufbrausend. »Du hast mich doch auch einen ganzen Tag lang schmoren lassen und das ohne ein einziges Wort. Und? Mache ich deswegen etwa so ein Theater?«

Sie schnaubte daraufhin nur.

»Und als du mich dann am nächsten Tag vor dem Gestüt abgefangen hast, haben wir etwas anderes zu tun gehabt, du erinnerst dich? Ich bin an dem Tag ohnehin nicht sehr gesprächig gewesen, und danach habe ich die Sache einfach vergessen. Tut mir leid ... wirklich.«

Sie schnaubte erneut und wusste einfach nicht, was sie darauf noch erwidern sollte.

»Ist dir das etwa noch nie passiert, dass du etwas vergessen hast?«, rief er verzweifelt durch den Hörer, sodass es in ihrem Ohr klingelte.

»Vielleicht sollte wir unser Gespräch lieber an dieser Stelle beenden.«

»Verdammt, Baby ...«

Seine Stimme hatte nun einen flehenden Tonfall.

»Lass uns bitte nicht schon wieder so die Nacht verbringen. Morgen bin ich zurück und dann sprechen wir noch mal über alles, einverstanden?«

»Vielleicht, ich weiß nicht, Timothy. Gute Nacht.«

»Bitte sag mir doch, ob wir uns morgen sehen, Baby!«

»Ich weiß es noch nicht – ich weiß es wirklich noch nicht.«

Dann legte sie auf.

Anthonys Worte erschienen in Leuchtschrift vor ihrem geistigen Auge, als würden sie sich ihr direkt in die Netzhaut brennen wollen: *Denk nur mal an den Abend, an dem ihr euch kennengelernt habt. Das könnte dir jederzeit wieder passieren.*

Sie konnte den brennenden Schmerz in ihrem Herzen spüren, und hoffte inständig, dass sich ihr neuer Freund in der Einschätzung seines Sohnes täuschte.

26

Mit Colin auf dem Arm schlurfte sie am nächsten Morgen die Stufen zur Küche hinunter. Sie hatte furchtbar schlecht geschlafen. Ihre Gedanken waren die halbe Nacht bei Timothy gewesen. Bei dem, was er ihr am Telefon gesagt hatte. Und auch bei dem, was er ihr verschwiegen hatte.

Ihr Kopf fühlte sich schrecklich an. Sie brauchte nun dringend eine große Tasse Tee, am besten gleich zwei.

Beim Betreten der Küche zwang sie sich zu einem freundlichen Lächeln.

»Guten Morgen, liebe Rose!«

Die Köchin erwiderte den Gruß und wandte sich danach sofort wieder dem Topf mit dem Haferbrei zu, der auf dem Herd stand, und rührte fleißig darin herum.

»Alles in Ordnung mit Ihnen, Rose?«, fragte Samantha irritiert, weil sie deren gewohnt gute Laune vermisste.

Zur Antwort erhielt sie nur ein eifriges Nicken, das Roses gedrehte Löckchen erzittern ließ, während die Köchin weiterhin eifrig den Brei umrührte.

Die Zubereitung des Porridges schien an diesem Morgen besonders aufwändig zu sein.

Seltsam, dachte Samantha. Für gewöhnlich war Rose um diese Uhrzeit doch äußerst gesprächig. Meistens sogar mehr, als es ihr lieb war.

Die Stimmung an diesem Morgen jedoch war auf merkwürdige Weise beklommen. Samantha hatte keine Erklärung dafür, nicht die leiseste. Möglicherweise hatte die Köchin ein privates Problem, über das sie nicht sprechen wollte, und so beschloss Samantha, nicht weiter in sie zu dringen.

Sie zuckte mit den Achseln und brachte Colin in den hinteren Teil des Raumes. Dort setzte sie ihn in sein Kinderstühlchen und nahm direkt neben ihm Platz.

Ihr Blick fiel auf die Zeitung, die auf dem Tisch lag. Es war das aktuelle Exemplar von *The Sun*. Sie streifte kurz das Titelblatt und dann stockte ihr der Atem.

Heimliche Küsse vor dem Dienstboteneingang, stand in der Schlagzeile der Klatschkolumne. Darunter war ein Foto zu sehen, das zeigte, wie Timothy und sie sich leidenschaftlich küssten.

Sie erstarrte.

Dieses Bild war vom Park aus geschossen worden. Sie überlegte sofort, wann das gewesen sein konnte. Oder handelte es sich dabei etwa um eine dieser dreisten Fotomontagen?

Nein. Es musste am Abend nach ihrer Versöhnung entstanden sein, als sie Timothy später heimlich ins Haus geschleust hatte.

Sie hatte das Gefühl einer riesigen Faust in ihrem Solarplexus.

Dann las sie den Text, der darunter stand.

Timothy Brownings geheimer Trennungsgrund von Hazel McGregor ist nicht länger ein Geheimnis. Wie kürzlich bekannt wurde, ist der Society-Beau nicht etwa nach Hollywood gereist, wie er uns glauben machen wollte. Nein, er hält sich auf Cardington Manor versteckt. Seine Herzensdame ist niemand Geringeres als Samantha Tomlinson, die ehemalige Lady Charles Cardington und die (Noch?-)Ehefrau von Englands Landschaftsarchitekt Nr. 1, Michael Tomlinson. Für unsere Redaktion sind diese Turteltäubchen eindeutig das schönste Paar der Woche!

Schlagartig spürte sie eine quälende Übelkeit, die sich fest in ihrer Magengegend eingenistet hatte. Am liebsten wäre sie sofort nach draußen gelaufen an die frische Luft oder hätte sich ganz einfach übergeben. Aber dazu hätte sie an Rose vorbeigehen müssen. Diese Peinlichkeit ein zweites Mal und auch noch bewusst zu erleben, war das Letzte, was sie nun brauchte.

Sie vergrub ihr Gesicht in den Händen, als könnte sie sich dadurch unsichtbar machen.

Das darf nicht wahr sein! Bitte, lieber Gott, mach, dass es nur ein Traum ist!

Rose stellte derweil das Frühstückstablett vor Samantha auf den Tisch. Dann nahm sie die Zeitung an sich, faltete sie zusammen und steckte sie in den Korb mit Feuerholz, der neben einem alten Brennofen stand.

Wie selbstverständlich setzte sie sich anschließend neben Colin auf die Eckbank und fing an, ihn mit Haferbrei zu füttern.

»So, wer hat denn hier jetzt Hunger? Vielleicht mein süßer Master Colin?«

»Ma ma ma ma ...«, brabbelte er und griff blitzschnell in den Teller hinein. Dann zeigte er irritiert mit seiner winzigen breiverschmierten Hand auf seine Mutter.

»Ja, da sitzt deine Mama, aber heute füttert dich mal die Rose, mein kleiner Schatz. Das schmeckt dir, nicht wahr?«

Nach einer Weile sagte Samantha: »Danke, Rose, Sie sind ein Engel.«

»Schon gut.«

Und zu Colin gewandt: »Und jetzt wieder das Scheunentor weit aufsperren ... ja, so ist es fein!«

Der Kleine ließ sich widerstandslos füttern und grinste seine Mutter zwischendurch schelmisch an.

Als das Breischälchen leer war, gab Rose Colin sein Lieblingsküchenspielzeug: ein Bündel verschiedener Küchenmaße, die von einem großen Metallring zusammengehalten wurden und herrlich laut klapperten.

Dann sah sie ihrer jungen Dienstherrin direkt ins Gesicht.

»Es tut mir leid, Mrs Tomlinson, dass ich es Ihnen nicht selbst sagen konnte vorhin. Aber ich musste es Ihnen doch wenigstens zeigen, bevor Sie es von wildfremden Leuten erfahren, nicht wahr?«

»Auch dafür möchte ich Ihnen danken, Rose. Und wenn hier irgendjemand einen Grund hat, sich zu entschuldigen, dann bin es ja wohl ich. Bitte verzeihen Sie mir, liebe Rose, dass ich Sie in solch eine peinliche Situation gebracht habe.«

»Ach was! Diese Schmierfinken müssen doch immer irgendjemanden haben, den sie durch den Kakao ziehen können. Das kennt man doch!«

»Aber was müssen Sie denn jetzt von mir denken?«

»Dass Sie eine vollkommen normale und gesunde Frau aus Fleisch und Blut sind – nichts weiter! Zeigen Sie mir doch nur eine Frau, die bei diesem hübschen Bengel nicht schwach geworden wäre! Mit Ausnahme vielleicht von mir, aber ich würde ihm ohnehin nicht gefallen«, ergänzte sie mit einem Kichern, das zu herzlichem, lautem Gelächter anwuchs. Dann konnte sie nicht länger an sich halten, bis ihr massiger Körper schließlich die ganze Sitzecke erbeben ließ.

Samantha fiel unwillkürlich in das Lachen ein.

»Ach, liebe Rose, Sie tun mir richtig gut. Sie haben wirklich das Herz am rechten Fleck, wie man so sagt.«

Die Köchin wurde auf einmal wieder ernst.

»Bitte entschuldigen Sie, dass ich das noch sage: Ich bin mir sicher, das wäre nicht passiert, wenn zwischen Ihnen und Mr Tomlinson alles in Ordnung wäre.«

Samantha sah sie mit überraschten Augen an, worauf Rose achselzuckend und mit entschuldigendem Tonfall anfügte: »Manchmal können diese alten Mauern einfach nichts für sich behalten.«

Samantha nickte und entrang sich ein schwaches Lächeln. Sie überlegte automatisch, was diese gesprächigen alten Mauern in der letzten Zeit wohl noch so preisgegeben hatten. Gleichzeitig wollte sie die Antwort aber lieber gar nicht erst wissen.

»Woher wissen Sie denn eigentlich solche Dinge über Beziehungen, Rose? Waren Sie denn auch schon einmal verheiratet?«

»Gott bewahre – nein! Aber meine ältere Schwester Dorothy! Da könnte ich Ihnen Geschichten erzählen …«

27

Am Vormittag rief Timothy an. Samantha lag in diesem Moment im Schlafzimmer auf ihrem Bett. Die Vorhänge hatte sie zugezogen und sperrte damit auch jeden noch so kleinen Sonnenstrahl aus. Sie hatte sich hier vor der Welt zurückziehen wollen, so sehr schämte sie sich, auf diese Weise in die Schlagzeilen der Klatschpresse geraten zu sein. Trotz ihres Zerwürfnisses am Vorabend zögerte sie jetzt jedoch keine Sekunde lang, seinen Anruf entgegenzunehmen. Sie war dazu bereit, jeden Zuspruch anzunehmen, den sie nur kriegen konnte.

»Hallo?«, meldete sie sich kleinlaut.

»Hi, Baby? Wie geht es dir denn?«

»Deinem Tonfall entnehme ich, dass du heute auch schon die *Sun* gelesen hast.«

»Ich nicht, aber mein alter Herr. Er hat mich gerade angerufen und hat mir den Artikel vorgelesen.«

»Oh«, war alles, was sie darauf erwidern konnte. Ihre Gedanken kombinierten in Sekundenschnelle, dass dann wahrscheinlich auch Michael bereits davon erfahren hatte.

»Er hat mir ziemlich Vorwürfe gemacht, von wegen, dass ich dich in diese unwürdige Situation gebracht hätte und so weiter. Siehst du das etwa genauso?«

»Nein, und das weißt du. Es gehören doch immer zwei dazu. Ich kann mich nicht daran erinnern, dass du mich jemals zu irgendetwas gezwungen hättest.«

»Das liegt nur daran, dass es auch noch nie nötig gewesen ist, dich zu etwas zu zwingen.«

Er lachte kurz auf und wurde dann aber sofort wieder ernst.

»Denkst du, dass es auch dieses Mal Hazel ist, die hinter der Sache steckt?«

»Kennst du sonst noch jemanden, der zu solch miesen Machenschaften fähig wäre?«

Er schnaubte und überlegte kurz, bevor er sagte: »Nein. Eher nicht.«

Sie schwiegen eine Weile, bis er vorsichtig anfing: »Ich wollte eigentlich heute Nachmittag wieder zurückkommen. Falls du mich jedoch noch immer nicht sehen möchtest, dann könnte ich aber …«

»Nein, nein, schon gut. Jetzt ist eh schon alles egal. Ist der Ruf erst ruiniert, lebt es sich gänzlich ungeniert.«

»Ja, da ist etwas dran. Leider.« Er lachte bitter auf.

Dann wurde seine Stimme wieder so zärtlich, dass es ihr wie auch jedes Mal zuvor eine Gänsehaut bescherte.

»Bis später, Baby! Und denk immer daran, dass ich dich liebe. Versprichst du mir das?«

Augenblicklich begann sie erneut damit, sich so sehr nach ihm zu sehnen, dass es ihr fast körperliche Schmerzen bereitete. Der Streit, den sie hatten, ihre Zweifel an seiner Liebe – alles war in dieser Sekunde vergessen und vergeben. Sie wollte ihn jetzt nur noch ganz nah bei sich spüren, und das so bald wie möglich.

»Ja, Timothy, ich verspreche es dir. Ich liebe dich doch auch … so sehr.«

»Und niemand kann uns diese Liebe nehmen, Baby – egal, was die Revolverblätter noch über uns schreiben.«

»Ja, da hast du recht. Und jetzt komm schnell zu mir!«

»Das mache ich, mein Herz! Wir legen jetzt auf, damit ich sofort losfahren kann.«

Ein wohlig warmes Gefühl breitete sich in Samantha aus, nachdem sie das Gespräch beendet hatten. Timothy war nun wieder auf dem Weg zu ihr und das fühlte sich einfach wundervoll an.

»Gemeinsam werden wir diese Hexenjagd schon überstehen«, sagte sie ins Halbdunkel des Raumes hinein und war sich dessen auch ganz sicher.

Das Wort *Hexenjagd* zauberte ihr das Bild einer rothaarigen, machtvollen Frau vor ihr geistiges Auge und je genauer sie hinsah, desto deutlicher nahm es Gestalt an.

Natürlich war es Hazel, die sie sah. Auf niemanden sonst, den sie kannte, passten diese Eigenschaften besser, die man landläufig mit einer Hexe in Verbindung brachte.

Samantha wollte diese Gedanken sofort aus ihrem Kopf vertreiben, bevor sie sich darin einnisteten. Sie wollte sich davon nicht herunterziehen lassen, sondern lieber ihre Vorfreude auf Timothy genießen.

Doch sie wurde sie nicht mehr los. Ihre sämtlichen Begegnungen mit Hazel zeigten sich plötzlich wie ein Film aus lauter Erinnerungen. Angefangen bei Charles' vierzigstem Geburtstag bis hin zu dem Tag, an dem sie ihr Timothy als ihren künftigen Ehemann vorstellte.

Offenbar hatte sich Hazel nun vorgenommen, Samanthas Ruf in der Öffentlichkeit zu zerstören. Erst die Sache im Waisenhaus und jetzt auch noch dieses Foto. Schlimmer konnte es kaum noch werden. Oder etwa doch? Was könnte denn als Nächstes folgen? Wie weit würde sie noch gehen, um Samantha den größtmöglichen Schaden zuzufügen?

Diese Gedanken beunruhigten sie und sie verspürte wenig Lust, auf einen weiteren unfairen Hieb aus der Dunkelheit zu warten.

Stattdessen fragte sie sich, was sie selbst tun konnte, um diesem Spuk ein Ende zu bereiten. Und ein Spuk war es allemal auf dem unüberschaubar riesigen Gelände, das Cardington Manor nun einmal war. Hinter jedem Busch konnte schließlich irgendjemand im Hinterhalt lauern und mit Teleobjektiven all das fotografieren, was für eine sensationshungrige Öffentlichkeit von Interesse war.

Bei diesem Szenario erschauderte sie. In dem Moment war ihr selbst das geliebte Cardington Manor – ihr Heim –

unheimlich geworden. Sie fürchtete, künftig nie wieder einfach nur aus Freude durch den Park schlendern zu können, ohne sich wie ein gehetztes Tier umzusehen.

Vielleicht sollte sie Hazel anrufen, um mit ihr einmal von Frau zu Frau zu reden. Aber was konnte sie sich davon versprechen? Falls, ja falls Hazel dazu bereit wäre, sich mit ihr auseinanderzusetzen, was könnte sie mit ihrem Anruf schon groß bewirken? Könnte sie überhaupt etwas erreichen oder würde Hazel sie nur auslachen, weil sie mit all ihren Beziehungen und Verbindungen sowieso am längeren Hebel saß?

Sie nahm das Telefon erneut zur Hand und durchsuchte das elektronische Telefonbuch, bis sie den Namen *Hazel McGregor* las. Dann warf sie den Apparat angewidert von sich, als hätte sie einen elektrischen Schlag erhalten.

Sollte sie es wirklich tun?

Doch die Frage musste eher lauten: Hatte sie überhaupt die Wahl, es nicht zu tun?

Samantha erschauderte abermals. Dann holte sie das Telefon wieder zu sich. Schließlich hatte sie jetzt nichts mehr zu verlieren. Sie konnte die Schlacht also nur gewinnen.

Mit angehaltenem Atem drückte sie auf die grüne Taste und lauschte.

Erst ertönte das Freizeichen, dann meldete sich eine wunderschön melodische Stimme.

»Hallo, hier spricht Hazel McGregor. Danke, dass Sie mich angerufen haben! Im Augenblick bin ich nur leider zu beschäftigt, um Ihren Anruf persönlich entgegenzunehmen. Aber hinterlassen Sie mir doch bitte Ihre Nummer und Ihr Anliegen, damit ich Sie zurückrufen kann. Bis später! Ich freue mich.«

Unglaublich, dass dieses Biest so freundlich sein kann, schoss es Samantha sofort durch den Kopf. Als sie noch

überlegte, ob sie etwas auf dem Anrufbeantworter hinterlassen sollte, ertönte bereits der gedehnte Piepton, der sie zum Sprechen auffordern sollte.
Jetzt oder nie!
Sie räusperte sich kurz.
»Ja ... Hallo, Hazel. Hier spricht Samantha Tomlinson. Ich wollte Sie fragen, warum Sie versuchen, mir das Leben zur Hölle zu machen? Glauben Sie allen Ernstes, dass es meine Schuld ist, dass Timothy Sie verlassen hat? Ich war deswegen mindestens genau so überrascht wie Sie.

Sie haben mir Reporter zu meinem Kinderheim geschickt, um mit Ihren Lügen den Ruf meiner Stiftung zu ruinieren. Aber Sie schaden damit nur diesen armen Kindern, das wissen Sie hoffentlich. Und jetzt auch noch dieses Foto in der *Sun* ...

Was kommt denn als Nächstes? Was haben Sie vor? Möchten Sie etwa Spione auf Cardington Manor einschleusen, die heimlich Kameras und Mikrofone installieren, damit Sie daran teilhaben können, wenn Timothy und ich miteinander schlafen? Das ist alles so erbärmlich. Ich hätte wirklich nie gedacht, dass eine Frau in Ihrer Position so tief ...«

Plötzlich knackte es in der Leitung und Hazel war persönlich am Apparat.

»Hallo, Samantha. Ich habe zufällig mit angehört, dass Sie mir auf den Anrufbeantworter gesprochen haben. Ich gebe ja zu, dass ich Ihnen mit der Nummer vor dem Kinderheim einen kleinen Schrecken habe einjagen wollen.«

Sie kicherte kurz.

»Und ja, ich habe das Bild von Ihnen und Timothy in der *Sun* heute schon bewundern dürfen. Aber wenn Sie jetzt glauben, dass ich auch damit etwas zu tun habe, dann befinden Sie sich im Irrtum. Mit diesem Foto habe ich nichts zu tun. Das schwöre ich bei meinem Bankkonto.«

Damit hatte Samantha nicht gerechnet. Aber warum

sollte Hazel es abstreiten, wo sie doch die andere Sache sofort zugegeben hatte?

»Sie waren das nicht? Wirklich nicht? Wer dann? Wer außer Ihnen sollte sonst ein Interesse daran haben?«

»Keine Ahnung – ich jedenfalls sowieso nicht mehr.«

Sie lachte nun.

»Was … was soll denn das jetzt wieder heißen?«

»Das soll heißen, dass Sie Timothy nun gerne behalten dürfen. Und Michael natürlich sowieso.« Sie kicherte schon wieder, aber es war nicht etwa eine boshafte Heiterkeit, wie Samantha es erwartet hätte. Hazel schien tatsächlich amüsiert und in bester Laune zu sein, und in derselben Stimmung fuhr sie fort: »Sagen wir … ich habe mich anderweitig orientiert. Sie werden ganz sicher demnächst davon erfahren – exklusiv in der *Sun* natürlich …«

Eine tiefe, männliche Stimme, die ihr offenbar gerade etwas zuflüsterte, war daraufhin in Hazels Hintergrund leise zu hören.

»Aber – meine liebe Samantha – zur Versöhnung und damit Sie mir nicht mehr böse sind wegen der kleinen Sache vor dem Kinderheim, werde ich mal meine Kontakte für Sie spielen lassen, um zu erfahren, wer hinter diesem Foto steckt. Auch böse Mädchen wie ich haben schließlich einen Ruf zu verlieren.« Und schon wieder kicherte sie. »Wären Sie damit einverstanden?«

»Ja … ja, gerne«, sagte Samantha zerstreut. In ihren Gedanken versuchte sie noch immer verzweifelt, die plötzliche Kehrtwende in Hazels Gesinnung zu verstehen.

»Doch … äh … ja, es würde mich wirklich interessieren, wer hinter der Sache steckt.«

»Gut! Wenn ich etwas herausgefunden habe, melde ich mich bei Ihnen. Jetzt muss ich leider unsere reizende Plauderei unterbrechen – ich werde hier gerade dringend gebraucht.«

Hazel unterdrückte ein leises Lachen und flüsterte ihrem Gefährten offenbar etwas zu.

»Dann lassen Sie sich von mir bitte nicht aufhalten, Hazel. Auf Wiederhören!«

»Auf Wiederhören, Samantha, es hat mich gefreut! Sie hören von mir …«

Samantha starrte das Telefon ungläubig an. Mit dieser Wendung der Angelegenheit hatte sie nicht gerechnet. In Gedanken ließ sie das Gespräch noch einmal Revue passieren. Am Ende konnte sie nur noch den Kopf schütteln und irgendwann fing sie sogar an, darüber zu lachen.

Samantha rechnete nicht damit, dass Hazel sich tatsächlich darum bemühen würde, für sie – ausgerechnet für sie – etwas über die Herkunft des Fotos in Erfahrung zu bringen. Sie ging eher davon aus, dass diese das wohlklingende Angebot nur gemacht hatte, um den Mann zu beeindrucken, mit dem sie gerade in diesem Moment beschäftigt war.

Wenn sie das Ganze auch nicht nachvollziehen konnte, es fühlte sich auf jeden Fall tausend Mal besser an als vorher.

Mit einem Gefühl der Erleichterung verließ sie das Bett und ging nach nebenan ins Bad, um sich frisch zu machen. Jetzt würde es nicht mehr lange dauern, und Timothy würde auf Cardington Manor eintreffen. Dieses Mal jedoch offiziell. Nach dem skandalösen Zeitungsartikel konnte sie ihre Beziehung nicht länger geheim halten, und das wollte sie auch nicht mehr.

Da sie wusste, dass Michael fast nichts auf der Welt mehr verabscheute als negative Publicity, war ihr gleichsam klar, dass kein Weg mehr zu ihm zurückführen konnte. Es gab also auch keinen Grund mehr, weshalb Timothy künftig nicht bei ihr im *Nest* wohnen sollte.

28

Endlich war es so weit. Der dunkelgrüne *Morgan* kam in Sicht. Hinter dem Steuerrad saß ein bildschöner junger Mann auf den cremefarbenen Ledersitzen. Er lächelte unter seiner Sonnenbrille hervor, als er sah, dass er bereits erwartet wurde, und seine makellos weißen Zähne blitzten dabei auf.

Bei seinem Anblick machte Samanthas Herz einen gewaltigen Satz und in ihrer Magengegend begann es heftig zu kribbeln. Sie war so aufgeregt wie schon lange nicht mehr.

Colin war mit Mildred drüben im Kinderheim. Sie würden nun also Zeit haben. Füreinander und miteinander. Endlich würde sie ihm zeigen können, wo sie wohnte und wo auch er künftig wohnen würde.

Der erste Kuss zur Begrüßung war schon mehr als ein Versprechen auf alles, was noch folgen würde. So oft sie es auch schon getan hatten, Timothys Küsse raubten Samantha jedes Mal aufs Neue den Atem und den Verstand. Sein wohlgeformter Mund war ihr so aufregend und süß zugleich, fast wie die Liebe selbst. Sie war süchtig danach, konnte einfach nicht genug von ihm bekommen. Wie benommen riss sie sich nach einer Weile doch von seinen Lippen los und führte ihn die rechte der äußeren Freitreppen hoch und ins Haus.

»Oh, heute durch die Vordertür«, feixte er währenddessen, und sie knuffte ihn in die Seite.

»Ja. Ab heute immer durch die Vordertür«, sagte sie und schenkte ihm einen zärtlichen Blick.

Vom Personal war niemand zu sehen, als sie die Halle durchquerten und die Treppe hinaufstiegen. Oben angekommen, zog sie ihn nach rechts, wo der Westflügel seinen Anfang nahm. Schon beim Hingehen erklärte sie ihm, wie die Zimmer ihrer Wohnung angeordnet waren.

Timothy war überwältigt, als er die herrlichen Räume sah, und blickte sich anerkennend um.

»Meine Güte … ich habe zwar schon immer gewusst, dass du Geschmack hast, aber so schön habe ich es mir hier nicht vorgestellt«, sagte er, als sie ihm gerade das aquamarinblaue Badezimmer zeigte.

»Du ahnst nicht, wie sehr es mich freut, dass es dir hier gefällt. Es ist natürlich ein Unterschied, ob man gemeinsam eine Wohnung einrichtet, oder in eine bereits eingerichtete Wohnung mit einzieht.«

»Das stimmt schon«, sagte er. »Aber in diesem Fall kann ich doch wirklich höchst zufrieden sein.« Er nahm sie in den Arm und zog sie begierig an sich.

»Was meinst du, welchen Raum wir wohl als Erstes miteinander einweihen sollten?«

»Hm …«, überlegte sie gespielt. »Ich weiß es auch nicht.«

Dann lachten sie beide vergnügt.

»Vielleicht sollten wir gleich hier mit dem Badezimmer beginnen. Es muss ein Traum sein, hier gemeinsam zu duschen, vor allem nach der langen Fahrt.«

»Das habe ich gerade getan, kurz bevor du gekommen bist«, sagte sie mit einem Grinsen.

Timothy fing daraufhin unverzüglich an, ihr das malvenfarbene Sommerkleid auszuziehen. Doch sie hielt ihn zurück.

»Nein. Hör auf! Mach deine Augen zu und beweg dich nicht! Heute möchte ich dich ganz langsam für mich entdecken.«

Er gehorchte ihr. Sein Mund nahm einen genießerischen Zug an, als sie begann, sein Leinenhemd aufzuknöpfen. Sie schmiegte ihr Gesicht an seine Brust, und als sie seinen Duft inhalierte, gaben beinahe ihre Knie nach, sodass sie seinen Oberkörper umschlang, um daran Halt zu finden.

»Ich habe dich so vermisst«, flüsterte sie und streichelte über die glatte Haut seines durchtrainierten Rückens.

Dann öffnete sie erst den Gürtel und danach den Reißverschluss seiner Jeans. Sie ertastete den Bund seiner Boxershorts und ließ ihre Hände quälend langsam und genüsslich hineingleiten ins begehrliche, warme Zentrum seiner Lust. Wie sie es liebte, seine pulsierende Kraft zu spüren! Es kostete sie wirklich ihre ganze Selbstbeherrschung, ihren Widerstand nicht auf der Stelle aufzugeben.

Timothy hielt die Augen weiterhin geschlossen. Er gab ein verhaltenes Stöhnen von sich und biss sich auf die Unterlippe.

»Und du bist sicher, Baby, dass ich mich nicht bewegen darf?«

»Ganz sicher.« Sie lachte und zog ihre Hände wieder heraus.

»Du folterst mich, Sam. Komm schon, lass uns woanders weiterspielen«, sagte er mit der verführerischsten Nuance seiner Stimme.

»Nein«, erwiderte sie mit gespielter Strenge. Dann küsste sie ihn von der Brust abwärts und ging dabei immer weiter in die Knie, bis sie mit ihrem Mund seinen Hosenbund erreicht hatte.

»Samantha, willst du mich umbringen?«

Er stöhnte gequält auf.

»Ich sterbe gleich, aber wenigstens wird es ein schöner Tod sein. Das ist immerhin ein Trost.« Er lachte auf.

Ihr Mund wanderte dann langsam wieder nach oben.

»Und ich dachte schon …«, sagte er und grinste.

»Noch nicht.« Sie ließ ihn los und griff hinter sich.

»Aber zur Belohnung, weil du so brav warst, darfst du deine Augen jetzt wieder aufmachen.«

Lachend drückte sie ihm ein dickes weißes Badetuch in die Hand und sah in sein überraschtes Gesicht.

»Wolltest du nicht duschen nach der langen Fahrt?« Sie zwinkerte ihm zu und verließ das Bad.

»Ich erwarte dich nebenan.«

29

Die Zeit, in der Timothy duschte, brauchte sie für sich, und zwar dringender, als sie es erwartet hatte. Als sie nun wieder allein im Schlafzimmer stand, merkte sie erst, wie aufgeregt sie war. Sie fühlte sich wie ein junges Mädchen vor ihrem ersten Mal, und in gewisser Weise stimmte das ja auch. Sie lief ruhelos umher, machte die Vorhänge zuerst zu, dann – nach kurzer Überlegung – wieder auf.

Das frisch bezogene Bett, das nun nicht mehr nach Michael roch, stand einladend vor ihr. Der indische nachtblaue Überwurf schimmerte verheißungsvoll sinnlich und kostbar. Aus einer mächtigen Silberschale, die auf dem Boden stand, schöpfte sie mit beiden Händen köstlich duftende Rosenblütenblätter und platzierte sie mitten auf der seidenen Steppdecke. Erst kurz vor Timothys Ankunft hatte sie die pfirsichfarbene Pracht im Garten gesammelt, und jetzt endlich wurden sie ihrer Bestimmung zugeführt. Aus ihnen ließ Samantha ein überdimensioniertes Herz entstehen.

Gleich würde sie dort mit einem anderen Mann sämtliche Spuren ihrer Vergangenheit mit Michael verwischen, gleichsam auslöschen. Ein paar Tage zuvor hatte sie deswegen noch heftige Schuldgefühle gehabt, aber dieses skandalöse Foto hatte mit einem Mal alles verändert. Es gab nun kein Zurück mehr.

Sie hielt kurz inne und lauschte. Das Prasseln der Regendusche war noch immer zu hören.

Sollte sie ihr Kleid jetzt schon ausziehen oder lieber darauf warten, dass Timothy das übernahm? Dann lachte sie über sich selbst und ihre Jungmädchengedanken.

Im selben Moment fiel ihr das Telefon ein. Hatte sie es

nun bereits ausgeschaltet, wie sie es vorgehabt hatte, oder etwa noch immer nicht? Sie wollte doch um jeden Preis vermeiden, dass irgendjemand sie stören konnte.

Wo ist es nur, das verflixte Ding?

Sie drehte sich um die eigene Achse und suchte ihre Umgebung nach dem winzigen Apparat ab.

Im selben Moment läutete es im Wohnzimmer, und sie erinnerte sich daran, dass sie es dort abgelegt hatte, bevor sie hinuntergeeilt war, um Timothy zu begrüßen.

Sie lief hinüber, fest dazu entschlossen, den Störenfried einfach wegzudrücken. Auf keinen Fall wollte sie sich jetzt die Stimmung verderben lassen – von wem auch immer.

Der prüfende Blick auf das Display zeigte ihr den Namen des Anrufers an. Es war Hazel McGregor.

Samantha erstarrte kurzzeitig.

Damit hatte sie nun wirklich nicht gerechnet. Ohne eine weitere Sekunde darüber nachzudenken, nahm sie das Telefon und drückte auf die grüne Taste, um die Sache schnellstmöglich abzuschließen.

»Hallo, Hazel, hier spricht Samantha. Haben Sie etwa schon etwas für mich herausgefunden?«

»Hallo, Samantha! Ja, in der Tat. Es ist doch schneller gegangen, als ich gedacht habe.«

»Und? Wer ist es? Wer steckt dahinter?«

Samantha schielte ungeduldig mit einem Auge hinüber zum Schlafzimmer und dort zur Tür des Korridors, der auch zum Badezimmer führte. Nur ungern wollte sie den Augenblick verpassen, wenn Timothy zum ersten Mal zu ihr hereinkam.

»Ja, vielleicht sollten Sie sich besser setzen, Samantha, damit …«

»Ich denke, das wird nicht nötig sein.«

»Wie Sie meinen. Also, wie ich gerade von der Chefredakteurin erfahren habe – sie ist eine Freundin von mir, wie Sie sich sicher denken können –, heißt die Journalistin, die für den Artikel verantwortlich ist, Belinda Carlisle. Und diese Belinda Carlisle hat wiederum einen Schulfreund, dem sie noch einen Gefallen schuldig gewesen ist, und ...«

Samantha hatte weder Zeit noch Geduld, Hazels langatmigen Ausführungen zu folgen und fiel ihr daher barsch ins Wort.

»Meine Güte, Hazel! Ich kenne den Namen dieser Journalistin – er stand schließlich für jedermann lesbar unter dem Artikel. Nun machen Sie es doch bitte nicht so spannend und nennen Sie mir einfach den Namen!«

Ausgerechnete jetzt!, schimpfte sie innerlich.

Dann spähte sie noch einmal durch die Tür. Noch immer war Timothy nicht in Sicht. Sie atmete auf.

»So einfach, wie Sie glauben, ist die Sache leider nicht, denn wenn ich Ihnen jetzt den Namen nennen würde, würden Sie mir das nicht glauben, da bin ich sicher. Deshalb habe ich erst ein wenig recherchieren müssen, habe aber ein Foto für Sie gefunden, das beweist, wer der Auftraggeber ist. Augenblick bitte ... ich sende es Ihnen in diesem Moment zu.«

Ein unangenehm hoher Gong erklang nun auch direkt in Samanthas Ohr. Sie sah danach auf ihr Smartphone, welches sie über die Ankunft eines Bildes informierte, und öffnete die Datei.

Es war ein Auszug aus einem Jahrbuch, wie es eben in Schulen für die Abschlussjahrgänge gemacht wurde. Auf dieser Seite waren Fotos der Schüler einer Klasse abgebildet, darunter standen die jeweiligen Namen und ein paar Bemerkungen zu deren Auszeichnungen oder Aktivitäten.

Samantha überflog die Bilder, bis sie zu Belinda Carlisles Konterfei kam. Es zeigte ein unscheinbares Mädchen mit kurzem blonden Haar, das offenbar ein paar

Auszeichnungen beim Cricket erhalten hatte.

Toll!, dachte sie gelangweilt.

Dann ging sie die Reihen weiter durch, doch auch an den Jungen konnte sie nichts Besonderes feststellen.

Beim vorletzten Foto fuhr ihr dann der Schreck in alle Glieder. Ein eiskalter Schauder überzog sie in Sekundenschnelle. Ihre Augen konnten danach nur noch dieses Bild fixieren. Es zeigte einen ausgesprochen gut aussehenden jungen Mann, der fotogen und lässig in die Kamera lächelte und wohl der beliebteste Junge des ganzen Jahrgangs war.

Und dann las sie seinen Namen, obwohl sie bereits genau wusste, wie er lautete: *Timothy Browning*. Darunter waren seine sportlichen Erfolge aufgezählt, aber die verschwammen bereits vor Samanthas Augen.

Sie ließ das Smartphone sinken und starrte nur noch ins Leere.

»Hallo? Samantha? Sind Sie noch da?«, krächzte Hazels Stimme unmelodisch aus dem Telefon in Samanthas Hand. »Haben Sie das Foto schon erhalten? Haben Sie es öffnen können? Hallo?«

Wie betäubt hielt sich Samantha den Apparat wieder ans Ohr.

»Das glaube ich nicht«, sagte sie mit tränenerstickter Stimme.

»Das ist doch nur auch wieder so ein Komplott, das Sie sich ausgedacht haben, um mir das Leben schwer zu machen!«

»Mir ist vollkommen klar, dass es für Sie so aussehen muss, Samantha. Ich weiß schon, warum ich Ihnen das Beweisfoto unbedingt habe liefern wollen.«

Hazel lachte kurz auf.

Samantha schnaubte nur voll Verachtung. Sie glaubte dieser Schlange kein einziges Wort. Vielmehr wollte sie ihr nicht glauben.

Nein! Das kann nicht wahr sein.

»Sie legen es doch nur wieder darauf an, uns auseinanderzubringen«, entgegnete sie trotzig.

Das darf nicht wahr sein.

»Samantha, hören Sie mir doch bitte zu! Ja, es hat eine Zeit gegeben, da hätte ich alles getan, um Sie und Timothy wieder auseinanderzubringen – das gebe ich unumwunden zu. Aber inzwischen ist es mir vollkommen egal. Und nicht nur das – aus meiner heutigen Sicht der Dinge bin ich sogar froh darüber, dass Timothy sich von mir getrennt hat. Aus welchem Grund auch immer! Wenn Sie in der nächsten Woche die *Sun* lesen, wissen Sie auch, warum das so ist. Und spätestens dann werden Sie mir glauben, da bin ich mir sicher.«

Tränen traten in Samanthas Augen, während sie Hazels Ausführungen zuhörte.

»Nun, ich finde, es ist wirklich eine Ironie des Schicksals, dass ausgerechnet ein Gefallen, den ich Ihnen zur Versöhnung tun möchte, Timothy den Todesstoß versetzt. Und das in dem Moment, wo es mir bereits vollkommen gleichgültig geworden ist, mit wem er zusammen ist. Das ist fast schon komisch, finden Sie nicht auch? Aber ich kann natürlich verstehen, dass Sie das im Augenblick nicht so sehen. Und ich muss gestehen, dass es mir jetzt beinahe leidtut für Sie beide und ich frage mich, was er sich nur dabei gedacht …«

»Ich muss jetzt auflegen, Hazel, auf Wiederhören«, unterbrach Samantha sie mit kraftloser Stimme und drückte auf die rote Taste.

Sie brachte keinen weiteren Ton heraus und wollte nun auch kein weiteres Wort mehr darüber verlieren.

Doch Hazels Sätze fühlten sich auf einmal so plausibel an. So sehr sie sich auch gegen diese Erkenntnis wehrte, tief in ihrem Innersten wusste sie, dass diese Informationen der Wahrheit entsprachen – so unglaublich sie auch auf den ersten Blick gewesen waren.

Aber das Unglaublichste an der Sache war für sie noch etwas anderes: Die Tatsache, dass sie sich offenbar ganz und gar in Timothy getäuscht hatte.

30

Eine zärtliche Stimme direkt neben ihrem Ohr ließ sie zusammenschrecken.

»Na, wo ist denn die Dame des Hauses, wenn der Mann ihres Herzens aus dem Bad kommt? Ich dachte, du erwartest mich schon sehnsüchtig in diesem riesigen Bett.«

Er wollte gerade damit anfangen, ihren Hals zu küssen, und sie konnte bereits seinen heißen Atem auf ihrer Haut spüren. Im selben Moment machte sie einen Schritt nach vorne und drehte sich danach blitzschnell zu ihm um, die Sicherheit der Wand im Rücken.

Er erschrak.

»Äh … Baby … was ist denn auf einmal mit dir los? Hast du etwa geweint? Du siehst ja aus, als hättest du ein Gespenst gesehen.«

Er wollte einen Schritt auf sie zu machen und sie in seine Arme schließen, doch sie wehrte ihn ab, als würde sie sagen: »Rühr mich nicht an!«

Eine Weile starrte sie ihn noch vollkommen fassungslos an, wie er so vor ihr stand mit nassem, durchtrainiertem Oberkörper und dem edlen Badetuch um die schmalen Lenden geschlungen. Ein Bild wie aus der *Men's Health*. Die fleischgewordene Verführung.

Dann sagte sie nur in eisigem Ton: »Belinda Carlisle.«

Nichts weiter.

Seinen Augen entnahm sie, dass weitere Erklärungen auch nicht nötig waren. Sein Blick hatte sich noch mehr verfinstert, als es mit schwarzen Augen überhaupt noch möglich war. Er schluckte nur und blickte sie entgeistert an, ohne auch nur ein Wort zu entgegnen.

»Wie konntest du mir das nur antun?«, fragte sie mit heiserer Stimme, die dem dicken Kloß in ihrem Hals geschuldet war. Dann verschränkte sie die Arme vor der Brust, als könnte sie so noch mehr Abstand zwischen ihn und sich bringen.

»Mich so bloßzustellen …«

Sie rang nach Luft, als hätte sie erst jetzt das ganze Ausmaß der Angelegenheit verstanden.

»Halb England zerreißt sich jetzt den Mund meinetwegen, während du als toller Kerl dastehst, dem es schon wieder gelungen ist, eine halbwegs prominente Frau flachzulegen.«

Sie schüttelte den Kopf. »Ich fasse es einfach nicht …«

Samantha konnte sich nicht erinnern, jemals in ihrem ganzen Leben so wütend gewesen zu sein. Sie wunderte sich in diesem Moment sogar über sich, weil ihr dieses starke Gefühl bei ihr selbst so fremd war.

»Baby, lass es mich dir doch …«

»Nenn mich noch einmal *Baby* und du stirbst! Das ist mein Ernst!«

Sie bedachte ihn dazu noch mit einem eiskalten Blick, woraufhin er erschrocken zurückwich und danach auf weitere Anstalten sie zu beschwichtigen verzichtete.

»Und jetzt darfst du mir gerne erklären, warum du das gemacht hast. Das muss ja ein wirklich triftiger Grund gewesen sein, dass du dafür sogar in Kauf genommen hast, dass meine Söhne dieses Bild von uns beiden eines Tages im Internet finden werden. Und wie Michael jetzt dasteht, wenn solche Fotos von seiner Frau durch die Gazetten gehen, scheint dir auch vollkommen egal zu sein!«

»Ähm … ja … das wirst du mir jetzt wahrscheinlich nicht glauben, aber …«

»Timothy! Was ich dir noch glaube oder nicht, spielt jetzt keine Rolle mehr. Fang gefälligst an und steh einfach zu dem, was du getan hast!«

Er atmete tief aus und sah in dem Moment aus, als hätte er heftige Zahnschmerzen.

»Samantha ...«, er stockte.

»Ich habe mir von der Sache versprochen, dass es uns vielleicht noch enger zusammenschweißt, wenn die ganze Welt von unserer Liebe weiß.«

Sie sah ihn daraufhin mit großen Augen an und unterdrückte ein verbittertes Lachen. Weil er unsicher war, ob sie darauf etwas entgegnen wollte, bedeutete sie ihm mit einer auffordernden Geste, dass er gerne fortfahren dürfte.

»Und ich habe gehofft, dass es dir den Rückweg zu deinem Mann endgültig verbaut und er nicht länger so viel Platz in deinem Leben einnimmt. Also praktisch auch in meinem Leben.«

Sie schnaubte.

»Na ja, das ist dir ja damit auch gelungen – zumindest Letzteres.«

Auch er hielt seine Arme inzwischen vor der Brust verschränkt, als er nun sagte: »Weißt du, das ist mir nämlich fürchterlich auf die Nerven gegangen. Michael hier – Michael dort! Kaum ist der Name *Michael* irgendwo gefallen, hast du dich von einer Sekunde auf die andere vollkommen verändert und warst plötzlich nicht mehr dieselbe!«

»Das ist jetzt wohl ein wenig übertrieben, findest du nicht?«, erwiderte sie kopfschüttelnd und gab sich amüsiert, um ihn im nächsten Moment plötzlich anzuschreien:

»Und selbst wenn es so gewesen wäre! Michael ist mir schließlich wichtig und er wird immer einen Platz in meinem Leben haben – und auch in meinem Herzen! Damit wird der Mann, der in Zukunft mit mir zusammen sein möchte, zurechtkommen müssen – ob es ihm nun gefällt oder nicht! Michael ist schließlich der Vater meiner Kinder und ich habe ihn nicht leichtfertig geheiratet!«

»Na toll! Das ist ja genau das, wovon ich immer geträumt habe! Das Herz einer Frau mit ihrem Ex zu teilen!«, sagte er in sarkastischem Ton.

»Ja, ist dir denn das nicht klar gewesen, als du mich umworben hast? Timothy, ich bin kein junges Mädchen ohne Vergangenheit – ich bin bereits zum zweiten Mal verheiratet!«

Er seufzte und sie sah ihm an, wie sehr ihm diese Tatsache missfiel.

Sie konnte irgendwann nur noch den Kopf schütteln und ihre Züge nahmen mit der Zeit einen leeren, hoffnungslosen Ausdruck an.

»Erlaube mir bitte eine Frage«, sagte er nach einer Weile. »Bereust du es inzwischen, dass du dich auf unsere Liebe eingelassen hast?«

»Nein, das bereue ich nicht.«

Sie sah ihm nun direkt in die Augen.

»Aber ich bereue es, dass ich Michael deinetwegen verletzt habe, als ich dich ihm vorgezogen habe, ... weil ich da noch nicht gewusst habe, dass du ihm vom Charakter her nicht das Wasser reichen kannst. Nicht einmal im Ansatz.«

Er lachte verbittert auf und nickte.

»Und jetzt weißt du es ja. Würdest du dich mit diesem Wissen jetzt für ihn entscheiden?«

»Ja, das würde ich. Kannst du es mir denn verdenken – nach all deinen krummen Touren und Heimlichkeiten?«

Darauf schnaubte er nur zynisch und schüttelte den Kopf. Er sah tief getroffen aus, fast wie jemand, dem bitterstes Unrecht geschehen war.

»Dann kannst du ja jetzt wieder zu deinem tollen Michael zurückgehen«, sagte er voller Schmerz in der Stimme.

»Nein, das kann ich leider nicht, Timothy!«, schrie sie beinahe.

»Du hast mit dieser blöden Aktion alles zerstört! Alles!

Nicht nur zwischen dir und mir, sondern auch zwischen Michael und mir! Ganze Arbeit, wirklich!«

Er wollte gerade etwas darauf erwidern, da fiel sie ihm sofort ins Wort: »Und sag jetzt bloß nicht: *Die Sache tut mir leid, Baby.* Spar es dir einfach! Sag nichts mehr!«

Sie sah ihn mit Tränen der Wut in den Augen eindringlich an.

»Und jetzt verschwinde einfach ... nimm deine Sachen und geh!«

Auch sein Blick hatte inzwischen einen feuchten Schimmer angenommen.

»Du ... du willst tatsächlich alles wegwerfen, was zwischen uns entstanden ist?«, stammelte er ungläubig.

»Nur wegen dieser blöden Sache? Ist das wirklich dein Ernst, Sam?«

»Mache ich den Eindruck, als würde ich scherzen?«

Zuerst starrte er sie eine kleine Weile lang an, wie um zu begreifen, was hier gerade vor sich ging. Schließlich zuckte er mit den Achseln und sprach in eisigem Ton weiter: »Dann leb wohl, Samantha.«

Danach drehte er sich abrupt um und ging mit schnellen Schritten zurück in Richtung Badezimmer.

Wie benommen klammerte sie sich am Türrahmen fest und sah ihm hinterher.

Als ihre Beine drohten vor Erschöpfung nachzugeben, setzte sie sich auf das dunkelgrüne Sofa und wartete darauf, dass sie aus diesem Albtraum erwachte.

Kurze Zeit später hörte sie dann, wie der *Morgan* gestartet wurde und mit durchdrehenden Reifen davonfuhr.

Ihre Kehle war plötzlich wie zugeschnürt und sie bekam kaum noch Luft.

Sie wusste mit Gewissheit, dass sie Timothy das niemals würde verzeihen können und im selben Moment kam ihr die Erkenntnis, die mit einem Mal alles veränderte und dafür sorgte, dass ihr der Schweiß aus allen Poren

brach.
Und mir selbst werde ich es auch nicht verzeihen können.

Sie fühlte sie sich wie schlagartig erwacht aus einem wunderschönen Traum. Ernüchtert stand sie im Geiste vor ihrer eigenen Lebenssituation und bei diesem Anblick wurde ihr beinahe übel.

So klar wie nie zuvor erkannte sie, dass nicht nur Michaels Bluff sie in Timothys Arme getrieben hatte – das Ganze war ihr doch auch gelegen gekommen. Ziemlich gelegen sogar. Vielleicht hätte sie Timothys Anziehung ohne Michaels Intervention widerstehen können – vielleicht auch nicht. Auf jeden Fall hatte sie sich selbst auf diese Weise nicht länger in der Verantwortung gesehen für ihr höchst bereitwilliges Nachgeben.

War die Liebe zu Timothy etwa nur durch die inzwischen gewachsene Vertrautheit entstanden und sie hatte sich mit der Zeit hineingesteigert? Diese Frage missfiel ihr selbst, denn sie hatte die Gefühle doch wahrhaftig gespürt – tief in ihrem Herzen.

Aber noch weniger gefiel ihr ihre ehrliche Antwort darauf.

Auch wenn es ihr schwerfiel, diesen Umstand vor sich selbst zuzugeben, musste sie sich eingestehen, dass sie Timothy nicht nur falsch eingeschätzt hatte – sie kannte ihn kein bisschen. Ihre Liebe hatte offenbar weniger mit seiner Person zu tun als mit Samanthas Wunschbild von ihm. Und mit ihrer Sehnsucht nach einem Mann, der sie niemals mehr im Stich lässt.

Aber warum überhaupt das Ganze? Um die Schmerzen über Michaels vermeintlichen Seitensprung und das Scheitern ihrer Ehe nicht fühlen zu müssen?

Sie wusste darauf selbst keine Antwort.

Doch eines wusste sie nun mit Sicherheit: Hätte sie das alles nicht getan, würde jetzt nur Michaels Lüge zwischen ihnen beiden stehen, und sie hätten noch eine reelle Chance miteinander. Dass sie sich trotz allem noch liebten, wussten sie beide voneinander, seit sie in Anthonys Haus miteinander gesprochen hatten.

Aber nun war alles zwischen ihnen zerstört – jede Brücke und jeder noch so kleine Steg – und ihr Anteil daran war nicht unerheblich.

Samantha hatte plötzlich nur noch einen einzigen Impuls: *raus hier!*

Wie in Panik sprang sie auf und wollte direkt ins Ankleidezimmer laufen, da blieb ihr Blick auf einmal im Schlafzimmer hängen und sie stoppte jäh ab.

Direkt vor ihr lagen noch immer die liebevoll drapierten Rosenblütenblätter über das ganze Bett verteilt.

Bei diesem Anblick wurde es ihr abermals beinahe übel.

Sie überlegte einen Moment und holte dann rasch den Papierkorb aus dem Wohnzimmer. Den hielt sie mit einer Hand dicht an den blauen Quilt und schob mit der anderen die duftende Pracht hinein.

Im Ankleidezimmer stopfte sie in Windeseile Kleidung, Unterwäsche und Schuhe wahllos in eine Reisetasche. Dann packte sie noch ein paar persönliche Dinge aus dem Badezimmer in ein Necessaire und warf es obendrauf.

Nach dem letzten Griff zu Telefon und Handtasche verließ sie das *Nest*.

Unten in der Halle begegnete ihr Rose, die gerade mit einem Bund frischer Kräuter aus dem Garten hereinkam. Die Köchin stutzte, als sie Samantha verweint und mit einer Reisetasche in der Hand sah.

»Ah, Rose ... gut, dass ich Sie antreffe ...«

Samantha schluckte und bemühte sich redlich darum, sich ihren Kummer nicht allzu sehr anmerken zu lassen.

»Ich hätte eine große Bitte an Sie ...«

31

Michael starrte in das punktförmige Licht einer winzigen Stablampe.

»So, und jetzt noch die andere Seite«, sagte Doctor Mortimer und schob auch noch das zweite Augenlid seines Patienten nach oben, um die Reaktion der Pupille zu kontrollieren.

»Haben Sie noch Kopfschmerzen, Mr Tomlinson?«

»Nein.«

»Schwindel, Übelkeit, Erbrechen?«

»Nein, nichts von all dem.«

»Sehr gut.« Der Arzt knipste die Lampe wieder aus und steckte sie in die Brusttasche seines Jacketts. »Dann dürfen Sie ab sofort wieder am normalen Leben teilnehmen, aber übertreiben Sie es bitte noch nicht. Und sollten Sie doch noch andere Symptome bekommen, dann unterziehen Sie sich bitte umgehend in einem Krankenhaus einer gründlicheren Untersuchung – keine Experimente mehr!«

»Danke, Doctor Mortimer. Das werde ich beherzigen.«

»Dann auf Wiedersehen, Mr Tomlinson, und alles Gute für Sie!«

»Auf Wiedersehen und vielen Dank – und auch für Ihre Diskretion.«

Der Arzt nickte und Anthony brachte ihn zur Tür.

Michael zog sich danach an. Zum ersten Mal seit einer Woche trug er nun sogar wieder eine Jacke und Schuhe. Dann stellte er sich ans Fenster und schaute in den Garten hinaus.

Anthony kam zurück und räusperte sich kurz, worauf Michael sich zu ihm umdrehte.

»Ich werde jetzt auch fahren, Michael. Ich muss nach den Pferden sehen.«

»Aber vorher heißt es wohl Abschied nehmen.«

»Ja, so ist es.«

Anthony lächelte ihn an mit Wehmut im Blick.

»Lass es uns bitte schnell hinter uns bringen. Ich habe mich inzwischen so daran gewöhnt, dass du hier bist, dass es mir komisch vorkommen wird, wenn ich heute Abend in ein leeres Haus zurückkomme.« Er lachte kurz auf.

»Lieber Anthony … ich weiß gar nicht, wie ich dir danken kann … ob ich dir das überhaupt jemals danken kann.«

»Aber das habe ich doch gern gemacht, Michael, das weißt du …«

»Ja, das weiß ich, mein Freund, und trotzdem ist es doch nicht selbstverständlich gewesen, was du für mich getan hast. Du hast mir eine Woche lang dein eigenes Bett zur Verfügung gestellt, obwohl ich für dich fast ein Fremder gewesen bin.«

»Nun, dadurch sind wir jetzt sogar richtige Freunde geworden. Ich finde, das hat sich doch durchaus gelohnt.« Anthony lächelte glücklich.

»Ja, das sind wir, und ich bin stolz darauf, dich meinen Freund nennen zu dürfen.«

»Ich fühle mich ebenfalls geehrt, Michael. Das Leben hält manchmal schon eigenartige Wendungen parat, nicht wahr?«

Michael nickte nur, während er darüber nachdachte. Dann sagte er: »Anthony, was schulde ich dir eigentlich für das alles? Wie kann ich mich für deine Großzügigkeit und deine Hilfe erkenntlich zeigen?«

Anthony machte eine abwiegelnde Geste mit der Hand und schüttelte den Kopf.

»Es war mir wirklich eine Freude, dass ich dir habe helfen können und dass ich dich dadurch näher kennengelernt habe.«

»Aber auf irgendeine Weise möchte ich mich bei dir revanchieren. Sag mir bitte, was ich für dich tun kann! Möchtest du vielleicht, dass ich deinen Garten machen lasse? Ich habe vorhin mal aus dem Fenster geschaut, er könnte es wirklich gebrauchen.«

»Ach, weißt du, Michael, der Garten ist mir im Moment überhaupt nicht wichtig, wo ich doch fast nur zum Schlafen hierherkomme.« Er überlegte kurz, dann sagte er: »Aber eine Sache könntest du wirklich für mich tun.«

»Sehr gerne! Und die wäre?«

»Gib deine Ehe bitte noch nicht auf! Kämpfe um deine Frau – trotz dieses vermaledeiten Fotos in der *Sun*.«

»Lieber Anthony …«

Michael atmete geräuschvoll aus.

»Ich fürchte, das kann ich nicht einmal dir zuliebe tun. Die ganze Welt weiß jetzt, dass die beiden ein Paar sind und ich stehe daneben als der gehörnte Ehemann. Ich weiß, die Situation ist nicht anders als noch vor ein paar Tagen. Aber dieses Foto in der Zeitung macht unsere Trennung irgendwie …« Er rang um das richtige Wort.

»… offiziell. Verstehst du, was ich meine?«

»Natürlich verstehe ich dich, Michael, aber vielleicht sollte man solche Zeitungsberichte auch nicht überbewerten. Ich meine, jeden Tag steht doch irgendetwas drin und das kann sich doch alles niemand behalten. Die Menschen vergessen doch auch schnell und …«

Michael fiel ihm ins Wort, weil er die Sache endlich für sich abhaken wollte.

»Anthony … Samantha ist jetzt mit deinem Sohn zusammen und offenbar liebt sie ihn auch. Versteh doch bitte, da gibt es nichts mehr, worum ich noch kämpfen könnte – selbst wenn ich wollte! Ich würde mich doch nur auf der ganzen Linie blamieren! Und sollte ich wirklich einmal das Bedürfnis haben, mich lächerlich zu machen, dann kaufe ich mir lieber ein paar Jonglierbälle, das kannst du mir glauben.«

»Ach, mein Junge, das tut mir einfach so leid für euch.«

»Noch mal vielen Dank für alles, Anthony! Und denk bitte dran, du hast etwas bei mir gut.«

»Das war wirklich von Herzen gern geschehen, Michael. Bitte melde dich doch einfach mal wieder und sag mir, wie es dir ergeht, ja?«

Michael nahm seinen Freund in den Arm und sie drückten sich zum Abschied.

Plötzlich schraken beide auf und schauten überrascht in Richtung Tür.

»Es tut mir ja wirklich in der Seele leid, dass ich euch bei dieser innigen Szene stören muss, Dad, aber ich wollte nicht fahren, ohne mich von dir zu verabschieden.«

Anthony sah seinen Sohn entgeistert an.

»Wie, du fährst jetzt? Wir hatten doch vereinbart, dass du mindestens einen Monat lang bleibst und mir im Gestüt hilfst.«

»Das kann ich jetzt aber nicht mehr. Glaub mir, ich habe triftige Gründe dafür. Ich fahre jetzt sofort zurück nach London.«

Michael grinste hämisch.

»Das wird Samantha aber gar nicht gefallen. Wo jetzt doch schon alles offiziell in der Zeitung steht! Oder kneifen Sie vielleicht jedes Mal, wenn es offiziell wird?«

Als hätte er nur auf eine solche Gelegenheit gewartet, stürmte Timothy plötzlich auf seinen Rivalen zu, packte ihn mit beiden Händen am Kragen und drückte ihn gegen die Wand.

»Ich gehe, weil sie sich für dich entschieden hat, du Vollidiot! Warum, ist mir allerdings vollkommen schleierhaft!«

Anthony stand wild gestikulierend daneben und brachte seinen ungestümen Sohn nur mit Mühe dazu, den gerade Genesenen wieder loszulassen.

Michael selbst kam gar nicht auf die Idee, sich zu wehren. Wie erstarrt stand er einfach nur da und versuchte zu begreifen, was Timothy soeben gesagt hatte.

»Das glaubst du doch selbst nicht!«, sagte er und duzte seinen Widersacher nun plötzlich auch.

Nach kurzer Überlegung fragte er: »Und was ist, wenn ich sie jetzt gar nicht mehr will, nach allem, was inzwischen vorgefallen ist? Bleibst du dann etwa hier?«

Er grinste spöttisch und deutete mit einer Hand auf die *Sun*, die aufgeschlagen auf dem Nachttisch lag.

Timothy lachte höhnisch auf und schüttelte den Kopf.

»Ich habe ja gesagt, du bist ein Vollidiot …«

Dann machte er erneut einen Schritt auf Michael zu und sah ihm eindringlich in die Augen, als er weitersprach: »Ich werde jetzt gehen, aber nur aus Liebe zu Samantha und weil ich ihren Wunsch respektiere. Aber ich schwöre dir, Kumpel, wenn du sie nicht glücklich machst und endlich das tust, was ein Ehemann für gewöhnlich tut, dann stehe ich am nächsten Tag wieder auf der Matte und nehme deinen Platz ein. Und dieses Mal dann für immer.«

Michael lachte gespielt amüsiert.

»Was hast du Grünschnabel mir überhaupt zu drohen und was geht dich meine Ehe mit Samantha an?«

Nach diesen Worten machte Timothy schon wieder Anstalten auf ihn loszugehen, aber diesmal trat sein Vater rechtzeitig dazwischen.

»Tim, ich nehme deine Entscheidung an und ich würde vorschlagen, du fährst am besten jetzt sofort los. Du weißt, Auseinandersetzungen dieser Art sind nicht mein Fall und ich möchte so etwas schon gar nicht in meinem Haus haben. Das dulde ich hier nicht.«

Er bugsierte seinen Sohn, der sich wie ein schnaubendes Ross gebärdete, in Richtung Tür und begleitete ihn schließlich hinaus.

Sichtlich erleichtert kam er kurz darauf wieder herein.

»Wenn man einmal die Türe aufläßt ...«, sagte Anthony kopfschüttelnd.

»Ich hoffe, er hat dir nicht wehgetan, dieser Heißsporn, in deinem angeschlagenen Zustand.«

»Nein, nein, keine Sorge.«

»Aber ich hoffe, Michael, du weißt, was du jetzt zu tun hast.«

»Ich habe befürchtet, dass du das sagst.«

Anthony ging auf ihn zu, nahm ihn an beiden Schultern und schüttelte ihn leicht.

»Michael, Junge, was denn sonst? Ihr solltet dringend miteinander reden! Timothy hat doch gesagt, sie hätte sich für dich entschieden. Und offenbar liebt sie ihn nicht mehr oder vielleicht hat sie ihn ja noch nie geliebt – was wissen wir denn schon? Glaubst du, sie hätte ihn sonst fortgeschickt? Worauf wartest du denn noch? Fahr zu ihr hin und rede mit ihr!«

Er hob seine Hände abwehrend nach oben und löste sich von seinem Freund.

»So weit bin ich noch nicht, Anthony. Ich muss erst noch in Ruhe darüber nachdenken.«

»... sagte der Schmied und ließ das Eisen wieder kalt werden«, ergänzte Anthony und schüttelte scheinbar belustigt den Kopf.

Michael atmete gedehnt und geräuschvoll aus.

»Ich fahre jetzt erst einmal los. Auf Wiedersehen, mein Freund, und noch einmal danke für alles!« Mit diesen Worten verließ er das Schlafzimmer, hastete durch den Flur hinaus und den Gartenweg entlang. Zum ersten Mal entriegelte er seinen neuen Wagen, setzte sich hinein, startete den Motor und brauste davon.

32

Wie bei seinem allerersten Besuch auf Cardington Manor vor einigen Jahren hatte er seinen Wagen vor dem imposanten Einfahrtstor zum Stehen gebracht.
Was tue ich hier eigentlich? Er schüttelte den Kopf über sich selbst. *So einen Idioten wie mich gibt es doch kein zweites Mal!*
Er war schon beinahe eine halbe Stunde in Richtung London unterwegs gewesen, als er plötzlich wie ferngesteuert gewendet hatte und den gleichen Weg wieder zurückgefahren war. Und das, obwohl er davor fest entschlossen gewesen war, die Beziehung zu Samantha nicht noch einmal aufnehmen zu wollen. Nach allem, was inzwischen vorgefallen war, wollte er es nicht einmal mehr versuchen. Er zweifelte, ob er sie jemals wieder auch nur in den Arm nehmen konnte, ohne daran zu denken, dass dieser Timothy das Gleiche mit ihr gemacht hatte.
Das Gleiche und noch viel mehr ...
Während er in die Richtung des eindrucksvollen Haupthauses starrte, das in der goldenen Nachmittagssonne glänzte, flogen die widersprüchlichsten Gedanken wie Geschosse in seinem Kopf umher.
Sie hat doch mir gegenüber zugegeben, dass sie ihn liebt. Das war doch eindeutig.
Dann wiederum hörte er Anthonys Stimme, wie sie zu ihm sprach: *Mach nicht den gleichen Fehler, den ich damals gemacht habe! Kämpf um deine Frau und hol sie dir zurück!*
Unwillkürlich musste er an das Foto in der *Sun* denken und was darunter geschrieben stand. Diese Sache war doch mittlerweile unerträglich peinlich!

Die ganze Welt hat dieses Bild wahrscheinlich gesehen und alle lachen nun über mich, den gehörnten Ehemann. Bin gespannt, welche Auswirkungen die Sache auf mein Geschäft haben wird ...

Die Worte dieses verdammten Schönlings kamen ihm natürlich auch in den Sinn:

Aber ich schwöre dir, Kumpel, wenn du sie nicht glücklich machst und endlich das tust, was ein Ehemann für gewöhnlich tut, dann stehe ich am nächsten Tag wieder auf der Matte und nehme deinen Platz ein.

Michael schnaubte, als er über diese ungeheuerliche Situation nachdachte. *Was für eine Unverschämtheit!*

Eigentlich hätte er dem Knaben dafür ja gleich einen Haken verpassen müssen, aber er hatte in dem Moment noch über dessen ersten Satz nachgedacht: *Ich gehe, weil sie sich für dich entschieden hat.*

Michael räumte es zwar nur ungern ein, aber vielleicht hatte der Grünschnabel ja nicht ganz unrecht mit dem, was er gesagt hatte. Doch so sehr er auch grübelte, er kam trotzdem zu keiner Lösung.

Wie soll ich es denn in der Zukunft bloß anstellen, sie glücklich zu machen, wenn es mir in der Vergangenheit schon nicht gelungen ist? Kann man denn überhaupt einen anderen Menschen glücklich machen? Oder entscheidet doch jeder für sich selbst, ob er in einer Situation glücklich ist oder nicht?

Seine Gedanken drehten sich wie in einem Karussell, und so oft es auch wieder von vorne begann, er kam einfach zu keinem Ergebnis.

Es ist zum Verrücktwerden! Was soll ich denn jetzt bloß tun?

»Grau ist alle Theorie«, sagte er irgendwann resigniert zu sich selbst. »So kann das auch nichts werden.«

Er startete den Motor, und kurze Zeit darauf knirschte der Kies der Auffahrt unter den nagelneuen Reifen. Seinen Wagen parkte er ebenfalls auf demselben Platz, wie er es bei seinem allerersten Besuch schon getan hatte. Dann stieg er aus und lief die linke der beiden äußeren Freitreppen hinauf.

Michael wusste selbst nicht, warum, aber auch in diesem Moment dachte er an die Situation vor nunmehr zwei Jahren, als er als fremder Gast zum ersten Mal dieses feudale Herrenhaus betreten hatte.

Er ging hinein und das Erste, was er sah, war sein entzückender kleiner Sohn, der gerade an der Hand der Kinderfrau durch die Eingangshalle spazierte.

Ein unglaublich warmes Gefühl umfing Michael, als der Kleine ihn anstrahlte und sofort in seine Richtung marschieren wollte.

»Colin, mein Kleiner!«, rief er und bekam sogleich feuchte Augen. Erst in dem Moment spürte er, wie sehr er seinen Jüngsten doch vermisst hatte.

»Guten Tag, Mr Tomlinson!«, sagte Mildred und ließ lächelnd die winzige Hand los. Und zu ihrem Schützling sagte sie: »Schau nur! Da ist ja dein Dad!«

Colin bewegte sich auf wackeligen Beinen nun ganz allein auf seinen Vater zu, der ihm mit ausgebreiteten Armen ein paar Schritte entgegenkam.

Als er bei ihm angekommen war, hob Michael ihn hoch und hielt ihn ganz fest. Er schmiegte sich an den zarten Kinderkörper und küsste das seidige Köpfchen.

Nun konnte er seine Tränen nicht länger zurückhalten.

»Ich habe dich so vermisst, mein Kleiner … so sehr!«

Nach einer Weile wischte er sich die Wangen mit dem Unterarm notdürftig trocken. Dann begrüßte er auch Mildred Boyle und übergab Colin wieder in ihre Obhut.

»Ist meine Frau oben?«, fragte er danach und wollte schon an ihr vorbeilaufen und die Freitreppe hinauf.

Sie sah ihn bedauernd an und schüttelte den Kopf, als sie ihm antwortete: »Äh, Mr Tomlinson … nein, Ihre Frau ist nicht oben.«

Er hielt in der Bewegung inne und drehte sich zu ihr herum.

»Nicht oben? Wo ist sie denn dann?«

»Fort.«

»Wie, *sie ist fort*? Was heißt denn *fort*?«

»Ich weiß nicht, wo sie ist. Ihre Frau hat nur zu Rose gesagt, sie müsste dringend wegfahren, um ein wenig Abstand zu gewinnen, und Rose und ich, wir beide sollen uns in der Zeit um Master Colin kümmern, während sie weg ist. Mehr kann ich leider auch nicht sagen.«

»Wann ist das gewesen?«

»Vor ungefähr einer oder zwei Stunden, ich weiß es leider nicht mehr genau.«

»Abstand …«, wiederholte Michael und dachte darüber nach, was Samantha damit gemeint haben könnte.

»Ma ma mam ma mam«, brabbelte Colin und zog damit die Aufmerksamkeit seines Vaters wieder auf sich.

Michael ging in die Hocke, küsste ihn auf die samtige Stirn und sagte entschlossen zu ihm: »Ich hole dir deine Mummy zurück, das verspreche ich dir, mein Schatz.«

Dann verließ er unter den freudig überraschten Augen der Kinderfrau das Haus.

33

Um Zeit zu sparen, setzte er sich in seinen Wagen und fuhr die Auffahrtsstraße weiter, bis er ein wenig abseits des Haupthauses zu den Garagen gelangte. Dort stieg er aus und öffnete sämtliche Tore, bis er gesehen hatte, was er sehen wollte.

»Jetzt weiß ich, wo du hingefahren bist, Sammy«, sagte er leise vor sich hin und machte sich ebenfalls auf den Weg.

Die Fahrt verlief wie in einem Zeitraffer. Seine Gedanken waren bei Samantha und bei allem, was er zu ihr sagen wollte. Er malte sich in allen Einzelheiten aus, wie das Gespräch wohl verlaufen würde. Seine Angst war groß, dass sie sofort wieder in einen Streit geraten könnten, wie so oft in der nahen Vergangenheit.

Als er noch immer nicht genau wusste, wie er die Unterhaltung beginnen sollte, merkte er plötzlich, dass es bereits Zeit war, die Hauptstraße zu verlassen.

Er bog nach rechts ab und stand gleichsam einem altvertrauten Freund gegenüber, den das Wetter der letzten Jahre nicht verschont hatte.

Stoney Lane, las er mit großer Mühe auf dem verwitterten Wegweiser, und ein warmes Gefühl breitete sich in ihm aus. Wie oft er daran schon vorbeigefahren war! Irgendwann war es zum letzten Mal gewesen, aber er konnte sich nicht mehr daran erinnern, wann das gewesen war.

»Jetzt muss ich nur noch die richtige Ahnung gehabt haben«, sagte er zu sich selbst und fuhr an dem alten Schild vorbei und die holprige Hügelstraße hinauf.

Mit jedem weiteren Meter, den er zurücklegte, stieg seine Aufregung. Um sich zu beruhigen, überlegte er, welchen weiteren Plan er noch verfolgen könnte, sollte er Samantha dort oben nicht antreffen.

Als er vor dem Häuschen ankam, sah er, dass das, was er in der Garage gesucht und nicht gefunden hatte, ihn tatsächlich auf die richtige Idee gebracht hatte.

Samantha hatte bei ihrem Einzug auf Cardington Manor aus Sentimentalität ihren alten Geländewagen behalten. Er hatte sie auf ihrem Weg in ihr neues Leben begleitet und sie betrachtete ihn wie einen zuverlässigen, alten Freund, den sie nicht einfach verraten konnte, nur weil sie nun einen teuren *Bentley* besaß.

Das Fahrzeug war damals in einer Werkstatt gründlich überholt, gepflegt und in einer der Garagen auf Cardington Manor aufbewahrt worden. Gefahren hatte sie es nie wieder. Bis zum heutigen Tag. Mit dem eleganten *Bentley* hätte sie es auch nie diese unbefestigte Straße heraufgeschafft.

Nun stand der braune Wagen vor dem kleinen Haus, genau wie zu der Zeit, als sie sich kennengelernt und ineinander verliebt hatten.

Bei diesem Anblick spürte Michael, wie stark sein Herz zu klopfen anfing.

Er parkte seinen Neuwagen direkt daneben und stieg aus. Dann ließ er seinen Blick über die umliegenden Hügel schweifen und genoss das friedliche Grün der Umgebung. Ein paar Atemzüge später fühlte er sich eindeutig ruhiger.

Wenig später stand er vor der dunkelgrünen Haustür. Er atmete noch einmal tief durch, dann klopfte er an.

Die Tür ging auf und er sah in das überraschte Gesicht von Samantha.

Noch immer wusste er nicht, wie er diese Unterredung nun eröffnen sollte. Er stand einfach nur da und lächelte. Ein wenig verlegen zwar, aber wenigstens lächelte er.

Auf einmal erinnerte er sich an ihr letztes Gespräch,

als sie ihn gemeinsam mit Patricia in Anthonys Haus aufgespürt hatte. An diesem Tag hatte er nach langer Zeit wieder das Gefühl gehabt, dass noch nicht alles verloren war zwischen ihnen. Dass sie es schaffen konnten – gemeinsam.

»Guten Tag«, sagte er deshalb, bevor sie ihm zuvorkommen konnte.

»Ich habe mich verirrt und bin von meinem Weg abgekommen. Können Sie mir vielleicht weiterhelfen?«

»Tut mir leid«, sagte sie.

»Ich kenne den richtigen Weg leider auch nicht.«

Sie sah verweint aus und vermied es, ihm in die Augen zu sehen.

Zu gern hätte er sie einfach nur in den Arm genommen, doch er hielt sich zurück.

»Wissen Sie«, sprach er weiter, »ich muss unbedingt auf meinen Weg zurück, ich habe nämlich irgendwo da draußen meine Frau verloren.«

»Ich verstehe«, sagte sie. »Und jetzt möchten Sie sie wiederfinden?«

»Ganz genau«, sagte er. »Möchten Sie vielleicht mit mir gemeinsam auf die Suche gehen? Ich benötige wirklich dringend Hilfe.«

Sie nickte nur stumm und ließ ihn eintreten. Dann führte sie ihn auf die Terrasse, wo er auf der verwitterten Holzbank Platz nahm.

Kurz darauf kam sie mit einem Tablett voll Teegeschirr heraus.

»Möchten Sie vielleicht eine Tasse Tee? Ich habe gerade eine frische Kanne *Darjeeling* aufgebrüht.«

»Sehr gerne. *Darjeeling* ist meine Lieblingssorte.«

»Meine auch«, sagte sie.

Ohne ein weiteres Wort füllte sie zwei Tassen, reichte ihm eine davon und setzte sich neben ihn. Sie tranken ihren Tee und sahen schweigend in die grüne Landschaft.

Dann fragte sie auf einmal unvermittelt in die Stille hinein: »Sind Sie auch wirklich sicher, dass Sie Ihre Frau zurückhaben möchten?«

»Ja«, sagte er.

»Je länger ich darüber nachdenke und in mich hineinhorche, desto sicherer bin ich mir, dass ich sie zurückhaben möchte. Wissen Sie, unsere Familie kommt nächste Woche von einer Reise zurück und da sollten wir doch beide zu Hause sein. Und dann ist da auch noch unser kleiner Sohn, der vermisst seine Mummy – ich war gerade bei ihm.«

Aus dem Augenwinkel sah er, wie Samantha langsam mit dem Kopf schüttelte.

»Sie wollen sie also wirklich zurück ... nach allem, was inzwischen vorgefallen ist. Wird das nicht immer zwischen Ihnen beiden stehen?«

Er dachte kurz nach, ehe er antwortete: »Wahrscheinlich wird es manchmal schwierig sein, ja. Aber auch das werden wir schaffen – gemeinsam.«

»Lieben Sie sie denn überhaupt noch, Ihre Frau?«

»Mehr sogar, als ich es je sagen könnte.«

Er sah danach zu ihr hinüber und bemerkte, dass sie weinte. Vorsichtig nahm er daraufhin ihre Hand, die neben ihm auf der Bank lag, und hielt sie mit beiden Händen fest.

»Ich liebe dich doch auch«, schluchzte sie plötzlich los. »Und was ist, wenn es wieder nicht gut geht ... wenn wir uns noch mal verlieren auf unserem Weg?«

»Noch einmal werden wir uns nicht verlieren. Und falls doch, werden wir uns eben erneut wiederfinden. Wir gehören doch zusammen. Vom ersten Tag an.«

Er legte seinen Arm um ihre Schultern und zog sie behutsam zu sich heran.

Nach einer Weile fragte Samantha: »Meinst du, wir können es wirklich schaffen?«

»Hat man denn eine Wahl, wenn man zusammengehört? Ich möchte jedenfalls keinen weiteren Tag ohne dich leben, Samantha.«

Nach diesen Worten saßen sie einfach da, schweigend, tranken *Darjeeling* und blickten in die hügelige Ferne.

Hat Ihnen mein Roman gefallen?

Ich freue mich immer über Empfehlungen und Rückmeldungen:

sybillekolar.com
facebook.com/SybilleKolar.Autorin
Twitter: @SybilleKolar
Instagram:

Oder hinterlassen Sie eine Rezension bei Amazon oder in den anderen Shops.

Herzlichen Dank!

Ihre Sybille Kolar

Sämtliche Bände der CARDINGTON-MANOR-Reihe sind als Taschenbuch überall im Buchhandel erhältlich, in der E-Book-Version ausschließlich bei Amazon und KindleUnlimited.

Kennen Sie schon die anderen Bände
der CARDINGTON-MANOR-Reihe?

Band 1
Lady Cardington und ihr Gärtner
Wie alles begann …

ISBN: 978-3-7392-4915-5

Band 2

Schlangen im Paradies

ISBN: 978-3-7392-4239-2

SYBILLE KOLAR

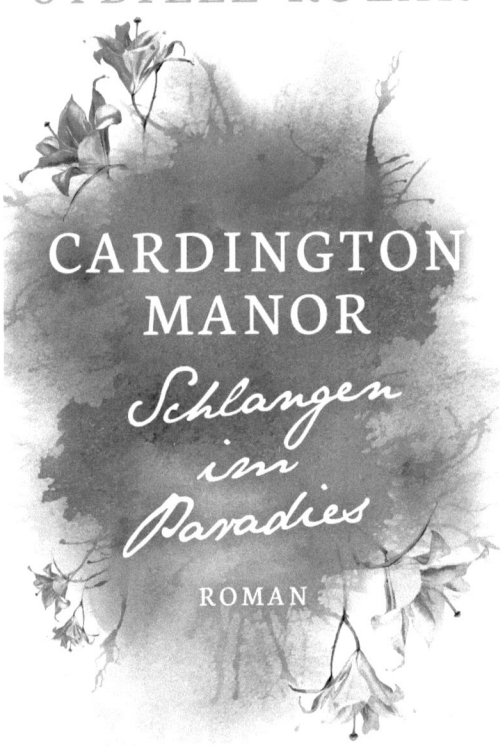

Band 3

Schatten der Vergangenheit

ISBN: 978-3-7412-4215-1

Und der Sammelband der
CARDINGTON-MANOR-Reihe!
Er enthält die Bände 1-3 in ungekürzter Fassung:

Lady Cardington und ihr Gärtner
Schlangen im Paradies
Schatten der Vergangenheit

ISBN: 978-3-7412-5092-7

SYBILLE KOLAR

CARDINGTON MANOR

Sammelband 1-3

Band 4

Sommerstürme.

ISBN: 978-3-7412-9839-4

SYBILLE KOLAR

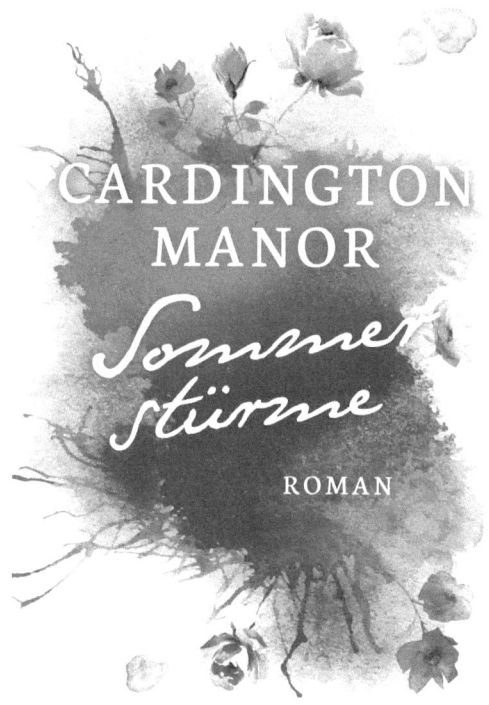